COLLECTION FOLIO

Hitonari Tsuji

La lumière du détroit

Traduit du japonais
par Corinne Atlan

Mercure de France

Titre original :

KAIKYO NO HIKARI

Hitonari Tsuji, né à Tokyo en 1959, est très connu au Japon comme poète et comme chanteur de rock. Auteur de plusieurs romans qui ont remporté un immense succès, il est considéré comme un des chefs de file d'une nouvelle génération d'écrivains japonais. Son précédent roman, *Le Bouddha blanc*, inspiré de l'histoire de son grand-père, a reçu le prix Femina étranger en 1999.

1

J'avais beau être revenu sur la terre ferme, je ne pouvais oublier la mer.

Sur cette langue de sable coincée entre la baie d'Hakodate et le détroit de Tsugaru, pas un endroit n'échappait au parfum des marées. Le monde carcéral où je vivais désormais ne faisait pas exception, malgré son sévère isolement, et le vent, pénétrant sans peine derrière les hautes murailles de briques, venait réveiller en moi le souvenir nostalgique, encore à vif, de l'océan.

Près de deux années s'étaient écoulées depuis que j'avais cessé de naviguer, pourtant la sensation de vertige que j'éprouvais à bord demeurait ancrée dans ma chair. Au cœur de ce détroit battu par les embruns, le visage offert aux innombrables aiguilles de neige durcie qui s'abattaient d'un ciel bas et gris, je crispais les orteils de toutes mes forces pour ne pas tanguer et m'efforçais de résister au roulis qui montait en moi, comme si je me tenais aux frontières mêmes de la vie et de la mort.

Lorsque les sirènes du ferry-boat s'éloignaient, que cessaient les remous des hélices et que les cormorans s'envolaient vers l'autre rive, je restais planté là, dans l'enceinte du centre de détention pour jeunes délinquants d'Hakodate, tête levée, contemplant d'un œil vague le ciel à nouveau serein.

Au début, pour éviter la mer, je m'étais consacré à des activités à l'intérieur de la prison, après quoi j'étais passé par le service de nuit. Depuis le printemps, cependant, mon affectation au poste de gardien responsable en second de la classe d'instruction maritime m'avait obligé à affronter à nouveau l'océan. La maison d'arrêt d'Hakodate était l'unique établissement pénitentiaire du Japon proposant des cours d'entraînement naval. Cette année, dix détenus devaient bénéficier de cette formation, et je découvris parmi eux un de mes anciens camarades d'école. De prime abord troublé de voir se réaliser une crainte que j'entretenais depuis mon arrivée, je fus plus abasourdi encore par le fait que cet ancien condisciple n'était autre qu'Osamu Hanai.

Je me souvins de lui dès que je l'entendis prononcer son nom, lors de l'interrogatoire d'arrivée. Je me fis aussitôt apporter le dossier complet qui l'avait suivi depuis la prison de Fuchû où il était incarcéré auparavant, et ne tardai pas à retrouver en parcourant la longue liste des écoles qu'il avait fréquentées, le nom de celle où j'avais moi-même fait mes études primaires.

Debout derrière le gardien-chef, j'observai fixement les traits sombres et émaciés de cet homme encore jeune mais déjà marqué : ils n'avaient plus rien de commun avec le beau visage du petit garçon d'autrefois, le seul de lui qu'il m'ait été donné de connaître.

À cette époque, Osamu Hanai était un excellent élève et jouissait d'un grand prestige auprès de ses camarades. Tel un Bouddha miséricordieux, il avait tendu la main au gamin pauvre, effacé et un peu crasseux que j'étais alors. Lorsque nous nous étions retrouvés dans la même classe, en cinquième année d'école primaire, il m'avait souvent aidé à me sortir de situations délicates. Pourtant, j'avais pris graduellement conscience du malaise qu'il m'inspirait, malgré ses airs de bon élève. La bande de garnements qu'on ne manque jamais de trouver dans une classe de primaire me tourmentait plus souvent qu'à mon tour mais, pas plus qu'à leur méchanceté puérile, je n'accordais de crédit aux airs secourables de mon sauveur, dont le masque d'innocence me dégoûtait au plus haut point. Il avait beau me venir en aide, quelque chose en lui continuait à me gêner. Lorsqu'il neutralisait mes tortionnaires par ses fanfaronnades, et me délivrait de leurs enfantillages, j'observais à la dérobée l'expression euphorique qu'il arborait alors, et le feu qui lui montait aux joues sous les regards envieux de tous les élèves. Ce visage gonflé d'orgueil, narines frémissantes, commissures des lèvres relevées dans un sourire, menton dressé, devait rester gravé au fer rouge dans ma mémoire.

Voici comment je me rendis compte des véritables motivations d'Osamu Hanai. Au printemps de notre entrée en sixième année[1], je l'aperçus un jour par hasard, dans une rue en pente peu fréquentée. Cet après-midi-là, une douce brise soufflant de la montagne caressait les arbres bordant la chaussée et dessinait les ombres dansantes des feuilles sur les murs blancs des magasins de torchis. Une vieille femme qui clopinait devant Hanai trébucha soudain et s'effondra lourdement sur les pavés. Le garçon ne se départit pas de son expression hautaine et têtue et passa à côté d'elle sans lui accorder un regard, sans esquisser le moindre geste pour l'aider à se relever. À l'instant où je le vis abandonner ainsi l'aïeule à son sort, je constatai avec satisfaction que mon intuition était juste : en l'absence d'un public devant lequel faire étalage de sa bonté, les pupilles compatissantes d'Hanai

1. Au Japon, il y a six années d'école primaire, et la rentrée scolaire a lieu en avril. *(N.d.T.)*

se muaient en billes opaques de verre fumé. Juste après, il se lança à la poursuite d'un chiot qui traversait la rue et lui donna un coup de pied ; en se comportant comme le garnement qu'il était en réalité, il démontrait plus encore, si besoin était, la piètre étendue de ses talents de simulateur. Pourtant, en le voyant manifester enfin une nature de gamin ordinaire, j'éprouvai pour la première fois pour lui une certaine estime.

Il avait dépassé la vieille femme gisant à terre sans lui prêter la moindre attention, mais lorsqu'il m'aperçut, adossé au mur d'une maison à l'occidentale, il s'arrêta aussitôt ; il blêmit d'abord de se voir pris en faute, puis fixa son regard sur moi. Ses yeux ternes s'assombrirent encore davantage, comme s'ils s'enfonçaient de plus en plus profondément dans sa boîte crânienne. J'étais ravi de les voir fondre de la sorte, révélant le gouffre obscur qui s'étendait derrière. Il finit par baisser la tête et s'enfuir d'un pas vif, pas assez rapide cependant pour dissimuler le rictus qui déformait l'arc élégant de ses lèvres.

À partir du lendemain, il se mit à me tourmenter cruellement. Soudain exclu de la compassion pareille à celle d'un Bouddha dont il faisait preuve à l'égard du reste de la classe, je devins son souffre-douleur et dus subir, durant les quelques mois qui restaient avant qu'il ne change à nouveau d'école, d'incessantes vexations de sa part.

Dix-huit années s'étaient écoulées depuis. Il n'était guère surprenant qu'il ne me reconnût pas. Me jurant de ne plus jamais me laisser humilier, je m'étais adonné dès mon entrée au collège au karaté et au rugby et livré à un entraînement physique intense. À force de discipline, mon corps malingre était devenu vigoureux, j'avais acquis des pectoraux bien plus développés que ceux des autres élèves. J'avais beaucoup grandi, j'étais devenu capitaine de l'équipe de rugby du collège. À partir de ce moment-là plus personne n'avait osé s'attaquer à moi. Parallèlement à la transformation de ma musculature, ma physionomie s'était faite elle aussi plus virile et énergique, mes traits s'étaient raffermis, le grand air avait hâlé ma peau. Mes anciens tortionnaires me craignaient de plus en plus, et l'attitude humble qu'ils adoptaient devant moi était vraiment comique à voir.

Maintenant je dominais Hanai d'une bonne tête, et c'était lui qui était maigre. Mon uniforme de gardien, mon képi enfoncé jusqu'aux yeux en imposaient assez, sans compter mon air impressionnant, car je me retranchais derrière mon autorité, crispant les traits sous l'influence de la règle qui interdisait au personnel de la prison tout sourire inconsidéré en présence d'un détenu. En passant devant moi, Hanai s'inclina précipitamment, comme pour me persuader de son absence de malice et de sa bonne foi. Sa silhouette disgracieuse me parut celle d'un homme ayant déjà renoncé à sa dignité. Je ne vis donc aucune raison de l'humilier davantage. Pendant toute la durée des formalités d'entrée, mes yeux restèrent fixés sur le cours paisible mais inexorable du fleuve du temps qui me séparait d'Osamu Hanai, et sur les sables mouvants qui en tapissaient le lit.

Le gardien-chef l'interrogea sur la nature de son délit. « Coups et blessures », répondit-il d'un ton détaché. Bien que je fusse déjà au courant, je sentis mes muscles faciaux se tendre légèrement devant l'écho obscène qu'avait pour moi cette expression dans la bouche du « bon élève » d'autrefois.

D'après son dossier, Hanai avait, au cours de l'automne de ses vingt-quatre ans, soit cinq ans et demi plus tôt, agressé et blessé grièvement à l'aide d'un couteau d'alpiniste, un employé de bureau qui sortait de son travail, dans le quartier d'Ebisu, à Tokyo. À l'époque, fraîchement émoulu d'une université d'État, il venait d'être engagé dans une banque au département des capitaux étrangers. Tout comme au temps de l'école primaire, l'ensemble de ses collègues le tenait en grande estime.

Il s'entendait bien avec ses parents et vivait avec eux à Suginami dans une relative aisance.

Il n'avait jamais rencontré sa victime auparavant mais, au dire des témoins, s'était retourné et mis à courir vers l'employé d'un pas léger juste après l'avoir croisé, pour le rattraper par l'épaule comme s'il interpellait une personne de sa connaissance. Ce n'est qu'en voyant un couteau dans la main droite ensanglantée d'Hanai que les témoins se rendirent compte qu'il ne s'agissait pas de deux collègues de bureau en train de chahuter mais d'une véritable agression. Après avoir ainsi frappé un parfait inconnu, Hanai n'avait pas cherché à s'enfuir. Il s'était simplement éloigné de quelques pas et était resté planté là, regardant d'un œil indifférent sa victime se tordre de douleur sur la chaussée en répandant des flots de sang noirâtre.

Au cours de l'enquête, il se contenta de répéter qu'il avait agi dans un état de confusion totale. Lors du procès, ses avocats plaidèrent l'irresponsabilité et demandèrent une expertise psychiatrique. Cependant, même à l'issue de plusieurs entrevues avec des spécialistes, rien ne permit de prouver une quelconque anomalie mentale chez lui. Finalement, aucun mobile autre que les déclarations du coupable ne put être retenu et sa déposition se retourna contre lui, servant de preuve décisive : il fut condamné à la peine de huit ans de prison ferme requise par le procureur.

« Tu as déjà fait cinq ans et demi à Tokyo, il te reste donc deux ans et demi avant d'être remis en liberté. »

Sans le moindre signe d'acquiescement à cette phrase du gardien-chef, Hanai se contenta de le fixer droit dans les yeux en serrant les lèvres.

Je ne sais pourquoi, l'obstination que je lus dans son regard étincelant me rassura. « Son visage n'en montre rien, me dis-je, mais, au fond de lui, il a gardé toute la noirceur d'âme d'autrefois. » Il me jeta un coup d'œil sans changer d'expression, puis son regard fit le tour de la pièce avant de revenir se poser sur le gardien-chef.

Pour ma part, j'aurais aimé oublier qu'il m'avait traité comme un esclave lorsque nous étions enfants, mais aucun des événements d'alors ne s'était effacé de ma mémoire. Tandis que, dans sa vie à lui, le séjour à Hakodate n'avait représenté que deux brèves années d'une enfance passée à déménager à travers tout le Japon à cause du métier de son père et à changer sans cesse d'école. En outre, dix-huit longues années s'étaient écoulées depuis. Si vexant que cela pût être pour moi, la probabilité qu'il se rappelle ma personne, même en fouillant tous les recoins de sa mémoire, était extrêmement faible. Je décidai de feindre de ne pas le connaître, tant qu'il ne se souviendrait pas de moi. Je ne mentionnai à personne le fait que nous avions été à l'école ensemble, ni à mes supérieurs, ni à mes collègues, ni aux instructeurs du cours d'entraînement naval, techniciens rattachés au ministère de la Justice.

Il avait beau s'agir d'un centre de détention pour « jeunes délinquants », certains d'entre eux étaient assez vieux : si un septuagénaire commettait un premier délit, c'est là qu'il était incarcéré, car des six prisons que comptait le Hokkaido, celle d'Hakodate était la seule à accepter les délinquants primaires.

Même si la jeunesse des prisonniers restait le trait le plus frappant de cette maison d'arrêt, on y trouvait donc des condamnés de tous âges, coupables d'infractions au code de la route, de vol, de possession de drogue ou encore de coups et blessures, comme c'était le cas d'Hanai, à condition toutefois qu'il s'agît d'une première condamnation, et que la peine ne dépassât pas huit années.

Dès 1965, le gouvernement avait donné pour vocation principale à cet établissement la formation professionnelle générale des détenus en vue de leur réinsertion. Des cours et des conseils d'orientation adaptés aux programmes spécialisés des centres publics de formation professionnelle y avaient été introduits. La section d'entraînement naval dont Osamu Hanai faisait partie avait pour but l'obtention d'un diplôme de qualification. Les postulants venaient de prisons de tout le pays, et des cas comme celui d'Hanai, envoyé à Hakodate après avoir purgé cinq ans de sa peine à Tokyo, n'étaient pas rares. Il était cependant impossible de passer le diplôme officiel dans ce cadre : réussir les épreuves en milieu carcéral donnait seulement droit à une dispense pour ne pas avoir à étudier à nouveau ces matières une fois remis en liberté, et il fallait repasser l'examen à ce moment-là en auditeur libre.

La prison d'Hakodate possédait son propre bateau d'entraînement, baptisé *Jeune homme des mers du Nord*, et, hormis l'hiver, les exercices pratiques avaient toujours lieu en pleine mer. Même les condamnés à de lourdes peines, pour tentative d'homicide par exemple, bénéficiaient d'une autorisation spéciale leur permettant de quitter l'enceinte de la prison dans le cadre de ce programme de formation.

Hanai avait tout du détenu modèle, plus que n'importe lequel de ses camarades, et, de fait, sa réputation auprès du personnel de la prison était loin d'être mauvaise. À son arrivée, son attitude au quotidien m'avait rappelé celle de son enfance. Toujours courtois, il saluait d'un air jovial, passait ses moments de pause à regarder paisiblement par la fenêtre. Comme d'habitude, il faisait valoir son côté « bon élève » : attentif au plus petit détail, il était toujours le premier à tendre la main de sa propre initiative pour ramasser une saleté qui traînait par terre. Le côté « gentil petit garçon qui veut se faire bien voir de tout le monde » de son enfance n'était pas mort.

2

À partir de huit heures du soir, on ne voyait plus l'ombre d'un passant dans les rues d'Hakodate. Les néons du quartier de plaisir, devant la gare, clignotaient comme des avertissements. Les gardiens savaient qu'il était dangereux de s'y aventurer seul et s'invitaient souvent mutuellement à la prudence : nombre d'anciens détenus qui n'avaient pas su reprendre le droit chemin revenaient rôder dans cette ville. S'ils reconnaissaient un gardien, ils pouvaient être tentés de lui tendre un piège.

Au bout d'une ruelle bordée de saules, se trouvait un vieux bar de la marine où les membres de l'équipage du ferry avaient coutume de se réunir. C'était à l'origine un bar pour marins étrangers. Resté fermé quelque temps après la guerre, il était aujourd'hui davantage fréquenté par des étudiants ou des employés désargentés que par des marins.

« En fin de compte, bientôt nous serons tous des hommes de Japan Railways. Même la cheminée du ferry portera la marque JR, lança un de mes anciens collègues affecté au service des cabines de passagers.

— Dès l'an prochain le ferry sera mis hors service, et nous serons tous au chômage. »

Six hommes puissamment charpentés, assis en cercle, lampaient du mauvais alcool d'un air sombre. Ils gardaient les yeux fixés sur le bois de la table, dont la texture évoquait une carte maritime. Tous connaissaient l'avenir qui les attendait, et se montraient peu empressés à en parler.

Après l'ouverture du tunnel, le service de navette maritime serait supprimé. En 1981, le ministre des Transports avait tranché le sort du ferry d'une seule phrase : trop déficitaire pour être maintenu. Une fois que le tunnel d'Hakodate, dont les travaux avaient coûté des centaines de milliards de yens, serait praticable, la compagnie Japan Railways du Hokkaido, qui en assurait l'exploitation privée, n'aurait plus aucune raison de maintenir le service maritime. Dans le bar silencieux, l'atmosphère était lourde : on eût dit qu'y flottaient les soupirs anxieux de tous ceux qui ignoraient encore quel emploi ils occuperaient par la suite.

« Moi, je serais incapable de travailler à terre, lâcha le chef mécanicien d'une voix atone.

— Moi aussi », renchérit un officier de navigation de deuxième classe.

Chacun examinait quotidiennement avec

angoisse ses possibilités de carrière. Ils tenaient tous à travailler en mer, mais l'ombre de la crise économique se profilait : si la nouvelle compagnie ne les reprenait pas à son service, ils n'auraient plus qu'à partir sur les routes avec leurs familles.

« Toi, tu as été malin. Dès que la rumeur de la privatisation de la ligne a commencé à se répandre, tu as changé de métier. Alors que nous, nous voilà comme la cigale de la fable aujourd'hui. »

Un officier de deuxième classe, que je n'avais pas revu au bar depuis longtemps, me regardait fixement, un mauvais sourire au coin des lèvres. Un autre employé maritime intervint pour me demander, d'une voix vibrante de curiosité, si tout se passait bien dans mon nouveau poste. Tous les hommes présents relevèrent la tête, les yeux brillants, prêts à puiser un nouvel espoir dans les paroles du premier de leurs collègues à travailler à terre. Je n'étais pas le seul membre de l'équipage du ferry à avoir changé d'emploi mais, fuyant la discorde ou les ressentiments de leurs anciens camarades, les autres étaient partis travailler à Tokyo ou Sapporo.

Tandis que je vidais mon verre sans répondre, les membres de l'équipage du ferry, brusquement déçus dans leur attente, pincèrent les lèvres, plissèrent les yeux ; les regards sans vie se portèrent à nouveau vers le centre de la table, attirés par les tourbillons de courants marins fantômes dessinés dans le bois.

« Moi, cela m'est égal de jouer les cigales, j'aime la mer », dit le chef mécanicien.

Ce n'était pas une profession de foi proclamée haut et fort pour s'arracher à sa propre inertie, mais une simple réflexion lancée sans but. Cet homme ne me pardonnait pas d'avoir été le premier à abandonner le ferry, et son poing, serré autour de son verre, me menaçait bien davantage que ses paroles.

La plupart de ces marins avaient mis un point d'honneur à continuer à travailler en mer jusqu'au dernier instant. Ils tentaient de surmonter leur angoisse de l'avenir en se disant que ni la nouvelle compagnie ni l'administration ne les laisseraient tomber après tant d'efforts loyaux.

« Moi aussi, être cigale, ça me va », dit l'officier de deuxième classe.

Cette fois, le ton était violent et directement dirigé contre moi. Les hommes détournèrent à nouveau le regard. J'aurais voulu protester mais je me contentai de commander un alcool fort. Me prenant pour cible dans son ivresse, le chef mécanicien attrapa au vol le verre de vodka que le patron me tendait et le vida d'un trait sous les yeux de tous nos camarades. Lui et moi, nous étions entrés à la même époque dans la compagnie maritime et avions coutume d'aller boire ensemble. Aujourd'hui, il se sentait trahi. Mais que pouvais-je y faire ?

J'avais eu plusieurs bonnes raisons de quitter mon travail avant tout le monde pour un emploi à terre, et la grossesse de ma femme était l'une d'elles. La naissance prochaine de notre enfant m'avait poussé à chercher un poste stable à Hakodate avant que n'y affluent des chômeurs à la recherche d'un nouvel emploi. Ma femme, je l'avais connue sur le ferry. C'est moi qui avais le premier adressé la parole à cette passagère, debout sur le pont-promenade, admirant le coucher du soleil. Elle était originaire de la préfecture de Saitama, près de Tokyo. Nous nous étions mariés malgré la vive opposition de sa famille. Il fallait à tout prix que j'évite de me retrouver au chômage. J'envisageai de rester à Japan Railways après la privatisation mais une rationalisation du travail était à prévoir d'ici quelques années et lorsque cela arriverait, les premiers licenciés seraient fatalement les membres de l'équipage du ferry.

J'avais aussi tenté ma chance ailleurs qu'à la prison, et m'étais présenté à différents concours d'entrée : à la compagnie de télécommunications NTT, à la brigade des pompiers de Tokyo, au service de météorologie nationale. Finalement le seul examen d'entrée que j'avais réussi était celui du ministère de la Justice, mais j'ignorais encore à ce moment-là ce que recouvrait le terme de « fonctionnaire de l'administration pénitentiaire » et en quoi consistait ce métier. Je fis six mois de stage à Sapporo avant d'être nommé, conformément à mes vœux, à la prison d'Hakodate.

C'est aussi à cause de la noyade de l'ancienne coordinatrice de mon équipe de rugby du lycée que j'avais décidé de quitter la navigation.

Le ferry était connu pour être un cadre propice aux suicides, et, chaque année, à l'arrivée des grosses chaleurs, il s'en produisait plusieurs. Sur un bateau de la taille du *Yoteimaru*, même nous, responsables des cabines occupés à surveiller le pont en permanence, nous étions rarement témoins d'un accident de ce genre, et c'est généralement à l'arrivée à Aomori que l'on se rendait compte du drame, en découvrant des bagages abandonnés dans une cabine, une lettre d'adieu à l'intérieur.

À l'instant où je remarquai mon ancienne camarade de lycée, Kimiko Mizoguchi, dans la file des passagers, je fus saisi d'un funeste pressentiment. L'ombre mélancolique des cernes sur ses joues creuses, le désordre de sa chevelure, sa façon comme absente d'avancer derrière le passager qui la précédait, tout contribuait à créer autour d'elle une atmosphère lourde et oppressante, à tel point que je fus tenté d'aller lui parler sur-le-champ. Je cherchai à me calmer en me persuadant que je me faisais des idées, mais mon pressentiment ne me lâchait pas. La plupart des candidats au suicide font preuve, dès qu'ils embarquent sur le ferry, d'un comportement propre à éveiller les soupçons et, immanquablement, montent sur le pont dès le début de la traversée. Démasquer ces passagers avant qu'ils ne mettent leur sombre projet à exécution est l'une des tâches, et non des moindres, des responsables des cabines. Lorsque nous constatons une attitude suspecte, il nous incombe d'épier discrètement la personne, et il nous arrive même dans certains cas d'aller la voir pour lui demander si elle a des problèmes. Cette nuit-là, il tombait de la neige et du grésil par intermittence : si cette femme se jetait à la mer, tout espoir de la secourir serait exclu.

Dès que le ferry eut gagné la pleine mer, Kimiko Mizoguchi se leva lentement de son siège et se dirigea vers le pont d'un pas mal assuré. J'accourus aussitôt vers elle, l'appelai.

« Tiens, Saitô ! » laissa-t-elle échapper en écarquillant les yeux.

Elle n'avait jamais été très belle mais au moins, à l'époque du lycée, c'était une fille gaie et saine, aux gestes gracieux, nimbée d'une grâce adolescente.

Elle m'avait avoué les tendres sentiments qu'elle

éprouvait pour moi à l'automne de mes dix-sept ans, juste après que j'eus été nommé capitaine de l'équipe de rugby. Jusque-là, nos relations consistaient surtout à échanger des plaisanteries, si bien que j'avais été stupéfait lorsqu'elle m'avait glissé une lettre d'amour dans la main au moment où je m'y attendais le moins. Dès le lendemain, je la vis prendre des attitudes plus féminines. Quelques jours plus tard, je reçus une déclaration similaire d'une autre de mes camarades, elle aussi coordinatrice de l'équipe. Cette amie de Kimiko s'était apparemment mise à s'intéresser à moi parce que cette dernière lui avait confié ses tourments amoureux à mon propos. Elle avait manœuvré pour que Kimiko la charge de me transmettre ses messages, et c'est ainsi qu'elle s'était rapprochée de moi à l'insu de son amie et confidente.

Était-ce parce que j'étais devenu capitaine de l'équipe, ou parce que j'avais décidé de devenir un homme fort qui ne céderait devant personne ? Toujours est-il que pour la première fois de ma vie, j'étais en position de choisir entre plusieurs femmes.

Je devins finalement l'amant de l'opiniâtre Machiko mais, même alors, je ne voulus pas renoncer à Kimiko et continuai à tout faire pour retenir son attention. C'était sans doute une réaction naturelle de la part d'un garçon jusqu'alors toujours en position d'infériorité.

Un jour, je me retrouvai seul avec elle dans une salle de sport, et en profitai pour la serrer dans mes bras par-derrière, me réjouissant de sentir sous ma paume les battements affolés de son cœur. J'allai jusqu'à lui murmurer ces mots cruels : « Quand tu auras maigri et que tu seras devenue plus jolie, j'accepterai de sortir avec toi. »

Je ne pouvais cacher indéfiniment ma relation avec Machiko et lorsqu'elle apparut au grand jour, Kimiko adopta soudain une attitude plus distante à mon égard. De mon côté, je faisais exprès de flirter ouvertement avec mon amie devant sa rivale et poursuivais celle-ci dans les vestiaires. À la fin du lycée, Machiko me laissa tomber pour entrer dans une école spécialisée à Tokyo, et un soir, par dépit, je sortis avec Kimiko et l'entraînai dans une équipée nocturne qui dura jusqu'au matin. Elle avait répondu à mon invitation sans hésiter et, pour sonder ses sentiments à mon égard, je lui avais dérobé un baiser sur la jetée. Elle ne m'avait pas laissé aller plus loin, mais le tendre contact des lèvres d'une jeune fille dont j'occupais toujours les pensées avait suffi à me rendre toute ma confiance en moi.

Lorsque je la retrouvai aussi émaciée sur ce ferry, huit ans plus tard, il me sembla qu'elle avait traîné comme un boulet, même après le lycée, toute l'ignominie de ma conduite. Ses yeux avaient perdu leur éclat, elle paraissait à bout de forces; ses lèvres sèches et gercées ne portaient pas la moindre trace de rouge à lèvres. Quand je lui adressai la parole, son regard angoissé, perpétuellement en mouvement, sembla me traverser, s'arrêta sur un point devant moi, puis elle plissa soudain les yeux et se mit à me fixer d'un air apeuré. Je me reprochai par la suite de ne pas avoir prêté davantage attention à la souffrance qui transparaissait alors dans le flou de son regard.

« Tu avais l'air si sombre, j'ai craint que tu ne veuilles te suicider! dis-je d'un ton que je voulais badin, tout en observant sa réaction.

— Quelle idée! répliqua Kimiko en souriant. Dire cela à quelqu'un qu'on n'a pas vu depuis si longtemps, voilà une bien mauvaise plaisanterie! »

Je voyais bien à ses yeux qu'elle mentait.

« Il fait froid dehors, tu ferais mieux de rentrer », suggérai-je après avoir évoqué avec elle les souvenirs de l'équipe de rugby du lycée.

Elle retourna docilement à l'intérieur en silence. Un sentiment de soulagement m'envahit à l'idée d'avoir évité une catastrophe imminente. Pourtant, quelque part au fond de moi, je savais qu'elle allait mourir.

Sur le seuil de sa cabine, Kimiko se retourna en murmurant :

« Tout de même, pour nous retrouver ici aujourd'hui, nous devons avoir un lien prédestiné. »

Ces mots sont restés douloureusement gravés dans ma mémoire : ce furent les derniers que je l'entendis prononcer.

Le ferry poursuivit sa route sans incident. Mais exactement une heure et demie plus tard, alors que nous arrivions vers le milieu du détroit, j'aperçus à nouveau Kimiko sur le pont. Aujourd'hui encore, je revois son profil apaisé, comme si elle avait fermement arrêté sa résolution. J'étais en bas dans le salon des passagers, et me précipitai pour la rattraper, mais une fois sur le pont, je le trouvai désert. Décontenancé d'avoir manqué de présence d'esprit face à la situation, j'appelai mes collègues pour qu'ils m'aident à chercher la jeune femme. Nous nous retrouvâmes tous regroupés sur le pont arrière, et aperçûmes alors au loin, dans le sillage du navire, la vague blancheur d'une silhouette qui disparut aussitôt, absorbée sans bruit par une étendue de ténèbres sans fin. Aucun de nous ne fut témoin de l'instant où Kimiko s'était jetée à la mer, tout au plus certains se rappelèrent-ils avoir entrevu une sorte de ruban diaphane voltigeant faiblement dans un coin de l'obscurité où tremblotaient des flocons de neige épars. Il était difficile de croire, devant la vibrante beauté de ce reflet irisé, qu'il signait l'instant d'une noyade.

Le bureau de la sécurité maritime, aussitôt alerté, fit tout son possible pour retrouver le corps, mais comme le drame avait eu lieu à l'endroit où se situaient les courants les plus violents, et qu'en outre cette zone était plongée dans une épaisse nuit d'encre, dans laquelle même les fusées de recherche se distinguaient à peine, le cadavre de la noyée ne fut jamais retrouvé. Aucun d'entre nous, d'ailleurs, ne s'y attendait car, quand un désespéré se jetait de la poupe du navire, il finissait souvent déchiqueté par les hélices.

Je ne disposais pas du moindre élément pour m'éclairer sur les raisons du suicide de Kimiko mais, connaissant son caractère entier et passionné, je supposai qu'elle avait pris cette décision à cause d'un homme qui aurait abusé de sa naïveté. À la suite de ce drame, je me mis à appréhender de monter sur le navire. Au cours des traversées de nuit, je crus à maintes reprises apercevoir le fantôme de Kimiko près du hublot d'une cabine. Et chaque fois que j'arpentais le pont dans la nuit, sa voix et ses dernières paroles revenaient vibrer à mes tympans et jouer sur mes nerfs : « Nous devons avoir un lien prédestiné... »

Au premier étage du bar, les hommes étaient comme d'habitude attablés en silence, se servant mutuellement des verres, dans une atmosphère paisible. Comme les autres, j'étais ivre, et répondais à la moindre tentative de conversation par monosyllabes ou par un sarcasme. Les faces empourprées de mes anciens collègues flottaient dans la semi-pénombre de la salle, comme des calamars phosphorescents dans une mer nocturne. Leurs corps bien charpentés paraissaient avoir aussi peu de réalité que des figurines de papier mâché. Seul le bruit vain des glaçons s'entrechoquant dans les verres venait parfois briser le silence.

Puis un des buveurs déclara qu'il devait rentrer et se leva, aussitôt suivi par un ou deux camarades. Quittant le bar à mon tour, je marchai seul à travers les rues désertes jusqu'à la jetée d'Hakodate.

Aux alentours de la grande arche qui marquait l'entrée du port, il n'y avait pas âme qui vive et les rangées de vieilles bâtisses évoquaient une capitale du bloc communiste sur laquelle régnerait la loi martiale. Les rails du tramway répandaient une lueur sourde sur la chaussée.

À l'embarcadère du ferry faisant la liaison entre Aomori et Hakodate, deux énormes bateaux, le *Yoteimaru* et le *Mashumaru* étaient alignés côte à côte sur les appontements numéro un et deux ; de paisibles vagues venaient jouer contre leur coque un intermède instrumental au rythme irrégulier. Je les observai tous les deux un moment, mais cela me devint vite aussi insupportable que si je contemplais des chiens abandonnés destinés à être emmenés à la fourrière le lendemain. Je détournai les yeux. Les lumières de la gare d'arrivée du téléphérique faisaient ressortir dans les ténèbres la cime blanchâtre du mont Hakodate.

La première fois que j'avais aperçu ce sommet depuis le ferry, j'avais ressenti une émotion intense, comme si je retrouvais enfin mon père, disparu des années auparavant. L'auteur de mes jours était pêcheur, comme son propre père, et son grand-père avant lui. J'avais neuf ans quand il s'était noyé, tout près de la côte, aux abords d'un village qu'on appelait autrefois Samugawa, la « Rivière froide », situé juste derrière la montagne.

C'était en février, par une période de grand froid. Il était parti pêcher des oursins, des ormeaux et autres coquillages en compagnie de quelques amis, chacun sur une barque légère. Lorsque les vagues commencèrent à grossir sous les rafales du vent du nord, surnommé « vent Aïnou » dans la région, ce fut pour la plupart des pêcheurs le signal du retour. Mon père, qui faisait preuve en toute circonstance d'une rare ténacité, lança sa réplique favorite en direction de ses camarades qui rebroussaient chemin : « Moi, je persévère encore un peu ! », puis il se mit à ramer vers l'arrière du mont Hakodate, zone mieux abritée du vent. Il pensait sans doute qu'une fois là il pourrait poursuivre sa pêche. Mais sa légendaire obstination fit cette fois son malheur : à peine était-il parvenu à l'extrémité de la côte d'Anama que le vent Aïnou se mit à souffler avec rage, soulevant des lames gigantesques, comme si la mer allait se retourner sens dessus dessous. La frêle embarcation alla se fracasser contre les roches glacées du promontoire, et mon père, éjecté de la barque brisée, fut projeté contre la pointe rocheuse la plus escarpée, aussitôt frappée par une énorme vague qui emporta définitivement son corps. Les autres pêcheurs avaient assisté de loin à la scène, mais aucun n'était en position de lui venir en aide. Ils ne purent que crier son nom sans relâche, à se casser la voix.

Le cadavre ne remonta pas à la surface, sans doute fut-il entraîné vers le large, et pris dans une de ces poches d'air qu'on trouve au milieu des courants, véritables cimetières marins qui ne rendent jamais les corps qui y ont sombré. Le mont Hakodate tel qu'on le voit apparaître lorsque le ferry s'éloigne des eaux intérieures, étincelant sous les rayons du soleil, formait un superbe paysage, dont la dignité me paraissait convenir au repos de l'âme paternelle. Au retour d'Aomori, j'étais toujours accueilli par la montagne, dont la cime émergeait peu à peu au-dessus de l'océan, comme un mirage. Quand des nuages voilaient le sommet, je songeais à mon père plongé dans ses pensées, fronçant ses épais sourcils, et lorsque la lumière de l'aurore teignait la montagne de rouge, elle prenait cette fois les traits empreints de vaillance virile d'un chef de famille s'apprêtant à partir pour la pêche. Lorsqu'il faisait face aux éléments déchaînés, immuable sous sa parure de neige noircie, le mont Hakodate me parlait de rigueur face à l'adversité, et me rappelait que j'avais appris à la lumière de l'exemple paternel à surmonter l'adversité quotidienne. Le visage radieux de la montagne au printemps, juste après la fonte des neiges, se superposait à celui de mon père debout sur le port, au retour de la pêche, à sa rude physionomie d'homme que le travail n'a jamais rebuté. L'été, les pentes, encadrées d'une profusion de feuillages verts, souriaient pour moi seul. Ainsi, tout au long des saisons, la pensée du disparu ne me quittait jamais, et je croyais sincèrement que son esprit continuait à vivre dans cette montagne.

Or, Osamu Hanai s'était servi de la mort de cet être tant aimé pour se venger de moi, pour m'humilier.

« Le père de Saitô était un pêcheur à la sauvette

sans permis, il a attisé la colère du dieu du mont Hakodate, voilà pourquoi la tempête l'a avalé ! »

Pour l'enfant que j'étais alors, toute atteinte à l'honneur paternel était plus douloureuse que n'importe quelle blessure physique.

La calomnie d'Hanai se répandit aussitôt. Plus je m'employais à la nier, plus elle prenait de l'ampleur dans le petit monde clos de l'école, souillant le nom et la vie de mon père, que la rumeur présentait comme le meneur d'une bande de braconniers. Il y avait parmi nous des fils et des filles de pêcheurs amis de mon père, mais j'eus beau leur demander de l'aide, aucun ne voulut devenir mon allié et démentir le bruit mensonger. Les mauvais garnements de la classe, qui avaient repris leur emprise sur moi depuis qu'Hanai m'avait abandonné à mon sort, me cantonnèrent dans un coin à l'écart des autres. De Bouddha plein de compassion, Hanai s'était mué en démon contemplant mes malheurs avec indifférence : il s'acharnait contre moi, faisant tout pour me maintenir en position de faiblesse. Jamais il ne leva directement la main sur moi, mais c'était lui qui tirait toutes les ficelles, donnait des instructions en secret. Pendant des mois, je fus maltraité par les garnements qu'il manipulait : ils me frappaient devant les filles de la classe, jetaient mes chaussures par la fenêtre, me brûlaient les cheveux à la flamme d'un briquet.

3

Depuis son arrivée à la prison, j'observais Hanai en secret, veillant à ce que personne de mon entourage ne s'en aperçût. Je concentrai toute mon attention sur ses moindres gestes pendant les cours d'entraînement maritime mais aussi au moment des repas, des pauses, et même lorsqu'il se levait pour aller aux toilettes. Cette fois, je ne méditais aucune vengeance, je n'avais pas l'intention de rétablir l'honneur bafoué de mon père, je guettais simplement l'occasion de voir cet homme révéler toute sa vilenie cachée et ôter enfin son masque de bonhomie ostentatoire pour se montrer sous son vrai jour, comme autrefois quand je l'avais surpris à abandonner une vieille femme à son sort.

Hanai, cependant, décevait mon attente. Du réveil à six heures quarante jusqu'au coucher à neuf heures trente, il accomplissait sans défaut ses tâches quotidiennes.

Les classes d'entraînement maritime étaient

divisées en deux sections : celle des machines et celle des ponts. Hanai faisait partie de la seconde, dont le but était d'apprendre le maniement du gouvernail ; le capitaine, un technicien au service du ministère de la Justice, debout sur une estrade, dispensait les connaissances spécialisées nécessaires. Durant les deux premiers mois, les cours se déroulaient tous les jours, le matin de huit heures à onze heures quarante, et l'après-midi de midi trente à quatre heures. Hanai se faisait remarquer par son sérieux. On ne pouvait rien déchiffrer d'autre, dans la concentration de ses traits, qu'une volonté sincère de réinsertion tandis qu'il recopiait dans son carnet, sans en omettre un seul, tous les termes techniques notés au tableau noir par les instructeurs. Son profil, que venait éclairer la lumière du jour filtrant à travers le hublot, avait perdu l'aspect misérable et malingre qu'il avait à son arrivée de la prison de Fuchû, et exprimait une telle sérénité qu'on en oubliait presque l'agression brutale dont il s'était rendu coupable.

Un jour, pendant l'heure de sport, qui avait lieu trois fois par semaine, je remarquai Hanai seul vers le centre du terrain, à l'écart de ses camarades occupés à jouer au foot ou à se délasser au soleil. Sa silhouette de dos et son attitude bizarre, une épaule plus basse que l'autre, attirèrent mon attention.

Je le vis se diriger à pas lents vers l'enceinte de

briques haute de presque six mètres qui entourait la prison. Il ne se déplaçait pas avec l'allure pesante d'un homme en proie à une idée obsédante, mais plutôt d'un pas élégant et nerveux. Je quittai le bâtiment des surveillants, me dissimulai dans le champ de fleurs pour échapper aux regards, bondis à l'ombre d'un hangar et de là, observai attentivement Osamu Hanai. Il s'était arrêté à une dizaine de mètres de l'enceinte et en contemplait le sommet, le menton dressé, immobile comme une statue. Il était trop loin de moi pour que je fusse capable de distinguer précisément l'expression de son regard, mais la tension qui l'habitait se lisait dans l'arête de son nez et son front frémissants. S'il s'approchait trop près du mur, j'allais me voir obligé de le rappeler à l'ordre. Je me raidis, toute mon attention uniquement fixée sur ses gestes.

Il faisait très beau ce jour-là, il n'y avait pas un nuage dans le ciel, la brise de mai était plaisante. Dans cette atmosphère paisible, un observateur non averti aurait pu prendre ce lieu pour un pensionnat de campagne plutôt qu'une prison. Des oiseaux planaient dans le ciel au-dessus de la tête d'Hanai, comme épinglés sur une toile. Le vent portait jusqu'à nous des clameurs joyeuses en provenance du vélodrome situé juste en face du pénitencier, de l'autre côté de la route. Les accents de plus en plus enthousiastes qui nous parvenaient, échos d'une liesse populaire à mille lieues de la réalité carcérale, attiraient l'attention croissante des détenus. Ils avaient tous redressé la tête, et plissaient les yeux, imaginant la course qui se déroulait derrière l'enceinte. Une liberté à portée de main et une discipline de fer se faisaient face, uniquement séparées par une muraille de briques. La ligne du rivage, située juste derrière le vélodrome, était elle aussi toute proche ; il était arrivé au moins une fois à chacun de ces hommes enfermés de clore les paupières et de lever le menton pour humer à pleins poumons le parfum des marées, pris d'une profonde nostalgie pour cet océan invisible et si proche.

Le champion en tête du peloton passa la ligne d'arrivée, portant l'exaltation des spectateurs à son comble, après quoi la frénésie qui avait agité le vélodrome retomba d'un coup ; dans la cour de la maison d'arrêt, la vague d'excitation impuissante qui avait envahi les détenus reflua elle aussi brusquement, après avoir atteint un degré proche de l'explosion. La silhouette d'Hanai, de dos, détonnait par la tension qui continuait à émaner d'elle, au milieu du relâchement ambiant. Son ombre dense s'étendait en une longue traînée noire et menaçante sur la cour écrasée de soleil. Son corps se dressait, immobile, comme une autre muraille parallèle à l'enceinte. Un frisson me parcourut soudain l'échine : Hanai était champion de saut à la perche, et son regard, fixé sur la muraille, en calculait la hauteur. Visiblement, il était en proie à une impulsion irrépressible, le poussant à bondir de toutes ses forces, tel un athlète s'apprêtant à battre un nouveau record.

Il avança d'un pas, lentement. Un désir tangible de grignoter petit à petit les dix mètres qui le séparaient de l'enceinte transparaissait de son corps tendu, penché en avant. Je continuais à l'observer, prêt à siffler, et à courir vers lui pour le rappeler à l'ordre s'il s'approchait à moins de trois mètres. Mais l'instant d'après, il s'arrêta pile à quelques pas du mur, dont l'ombre, tombant sur lui à la verticale, découpa sa silhouette en deux ; ses oreilles et sa nuque restèrent exposées au soleil, tandis que son visage était englouti par la pénombre.

Autrefois, à l'époque où l'acharnement d'Hanai contre moi s'était intensifié, il m'était arrivé de le suivre. Je savais qu'en l'absence de témoin, ses allures de justicier disparaissaient au profit de sa véritable nature, et je me disais donc qu'en le suivant discrètement, j'avais une chance de le voir commettre le même genre d'erreur que lors de la chute de la vieille femme. Si j'étais témoin d'une scène similaire, je saurais bien cette fois saisir l'occasion d'utiliser son point faible comme moyen de chantage ; ainsi, non seulement je serais libéré mais, avec un peu de chance, je pourrais même contrôler à mon tour ce fallacieux despote. Telle était du moins mon idée.

Osamu Hanai avançait nonchalamment, ignorant que je le suivais ; de mon côté, j'avais laissé une assez grande distance entre nous, respectant à la perfection les règles d'une bonne filature. Peu après avoir dépassé le bâtiment de l'ancien consulat anglais, le comportement d'Hanai commença à me paraître suspect. Après s'être assuré que les alentours étaient déserts, il se glissa par un interstice à peine entrouvert, derrière le portail — orné d'un grand panneau en interdisant l'entrée — d'une vieille bâtisse occidentale à l'air abandonné. Je ne pus m'empêcher de me réjouir en imaginant l'ampleur des crimes qu'il s'apprêtait sûrement à commettre derrière cette porte.

Souriant avec une joie secrète aux quatre grands caractères indiquant « Interdiction d'entrer », je me hâtai de pénétrer à mon tour dans le bâtiment mais tout ce que je découvris à l'intérieur fut une silhouette de bon petit garçon, occupé à nourrir quatre chatons abandonnés. Hanai tirait de son sac des quignons de pain provenant de la cantine de l'école, qu'il émiettait et distribuait aux chatons.

Je restai abasourdi : qu'était-ce donc que cet

étalage de bonté puérile? Loin de maltraiter les chatons, Hanai s'efforçait de les maintenir en vie! Incapable d'assister plus longtemps à cette scène édifiante — trop pénible pour moi qui, à l'école, subissait de la part de ce même enfant un traitement d'une inconcevable cruauté —, je m'apprêtai à battre en retraite.

Mais au moment où je tournai les talons, je découvris l'envers de cette « bonne action ». Tandis que je concentrais mon attention sur les mains d'Hanai, la trajectoire du pain me fournit graduellement la clé de l'énigme : Hanai ne donnait rien à l'un des chatons. Ce dernier, beaucoup plus maigre que les autres, chancelait et semblait ne pas avoir mangé depuis longtemps. Quand il venait se frotter contre Hanai, ce dernier l'attrapait par la peau du cou et le rejetait un peu plus loin, puis se remettait à distribuer la nourriture aux autres avec ostentation. Le chaton paraissait sur le point de succomber. Dans quelques jours, il serait mort, et Hanai s'en réjouissait. Il voulait le voir mourir d'inanition sous les yeux du reste de la portée bien nourrie. C'était bien là le genre de jeux qu'il affectionnait. Ah, le visage incroyablement radieux d'Hanai, tandis qu'il jouait ainsi avec la mort! Pour ma part, j'exultais à l'idée d'avoir démasqué le démon qui sommeillait en lui.

Je rentrai chez moi, émoustillé à l'idée que j'allais pouvoir raconter cela à tout le monde à l'école. Le lendemain matin, j'arriverais avant les autres et écrirais l'histoire en détail au tableau noir, afin d'atteindre Hanai le plus profondément possible. Cependant, tandis que j'essayais de trouver le sommeil, l'image lancinante du chaton squelettique à demi mort de faim se mit à me tourmenter. J'avais beau tenter de l'oublier, chaque fois que je m'assoupissais, des visions de cauchemar venaient me réveiller. Je finis par me lever et quitter la maison en pleine nuit pour aller le nourrir. À partir de ce jour, je me consacrai avec tout mon amour-propre à tenter de sauver ce petit animal, dont la situation était si semblable à la mienne.

Dès qu'Hanai avait fini de nourrir la portée, je me glissais à mon tour à l'intérieur du bâtiment pour nourrir sa victime désignée qui, finalement, échappa ainsi à la mort. Hanai, impatienté par une agonie qu'il jugeait interminable, se désintéressa de l'affaire : il finit par ne plus venir du tout. Une fois de plus, il avait abandonné des êtres faibles à leur sort mais moi, je mis un point d'honneur à ne pas délaisser les chatons, et continuai à venir leur distribuer du pain à sa place.

La sonnerie qui annonçait la fin de la pause retentit dans la cour de la prison, arrachant enfin la silhouette musclée d'Hanai à son immobilité :

l'image figée vola en éclats, s'anima à nouveau. Pourquoi ce mouvement, qui mettait un terme à je ne sais quelle attente de ma part, m'arracha-t-il un soupir involontaire ? J'essuyai la sueur sur mon visage, regardai tour à tour l'enceinte de briques et la silhouette de dos d'Hanai, puis soupirai à nouveau.

La deuxième semaine de juin, Hanai quitta la prison pour la première fois afin d'embarquer sur le bateau réservé à l'entraînement. Les participants à la formation aux métiers maritimes devaient attendre, pour sortir en mer et diriger eux-mêmes le bateau, d'être suffisamment habitués aux manœuvres : ils étudiaient d'abord longuement sur le navire à quai, apprenant le nom de chaque partie, vérifiant en conditions réelles, mais sans naviguer, la façon de regarder une carte maritime ou d'utiliser une boussole, s'entraînant à confectionner les nœuds de base à utiliser en cas de naufrage.

Les détenus se rendaient sous bonne escorte, dans un car aux fenêtres grillagées, à l'embarcadère où était amarré le *Jeune homme des mers du Nord*. Hanai s'installait toujours près d'une fenêtre. Pendant le trajet, toute conversation personnelle, tout mouvement de la tête était interdit : les prisonniers devaient garder une immobilité complète et regarder droit devant eux. Debout dans le car à côté du chauffeur, j'avais pour rôle de contrôler sévèrement leur attitude jusqu'à l'arrivée.

Ce retour au monde normal, le premier depuis longtemps, les plongeait dans un état d'excitation tangible. Je voyais des commissures de lèvres se relâcher sous un désir intense de bondir au-dehors, ou au contraire se serrer pour contenir les sanglots qui montaient en eux sous l'effet d'une tension insupportable. Hanai était le seul à ne pas remuer furtivement la tête pour capter du coin de l'œil des silhouettes de filles aux tenues voyantes, ou des scènes de la rue. Le regard vide fixé sur la nuque du chauffeur assis juste à côté de moi, il gardait une immobilité parfaite, faisant preuve d'une extraordinaire maîtrise de soi, pareil à un robot privé de tout désir.

Extérieurement, le *Jeune homme des mers du Nord* avait l'aspect d'un bateau de pêche au calamar, mâtiné de patrouilleur. Il avait beau n'avoir rien de commun avec le magnifique ferry que j'avais connu, je n'avais pas suffisamment expié l'affront fait à la mer, moi qui l'avais quittée comme un voleur pour remonter à terre, pour embarquer sans état d'âme. J'éprouvais une sorte de résistance à monter à bord d'un bateau. La mer ne m'avait pas encore pardonné et, chaque fois que je mettais le pied sur la passerelle à la suite des prisonniers, je devinais au tremblement de la surface des eaux que l'océan ne voulait toujours pas de ma présence.

Les instructeurs et le gardien-chef savaient que j'avais travaillé autrefois sur le ferry entre Aomori et Hakodate mais maintenaient le secret vis-à-vis des détenus. Garder le silence sur le passé des gardiens était l'une des règles fondamentales de la maison d'arrêt. Les lèvres serrées en une ligne fine, je regardais fixement les prisonniers, sous mon képi profondément enfoncé sur les yeux. Ma position ne m'autorisait pas à la moindre familiarité envers eux, contrairement au capitaine ou au maître d'équipage : mon existence à moi, gardien de prison, n'avait de sens qu'en tant que rempart d'autorité. Afin de ne donner prise à aucun malentendu de leur part, je surveillais les stagiaires en permanence avec la plus grande rigueur, corrigeant brutalement la plus petite infraction au règlement.

Mes yeux parcouraient le pont sans répit, allant lentement de l'un à l'autre des détenus. Mes sens devaient toujours être plus en éveil que les leurs, je devais savoir en permanence où était chacun d'eux, à quoi il était occupé. Même si un vent tiède venait caresser mes joues, je me raidissais : je ne pouvais courir le risque de laisser la douceur de la nature m'attendrir le cœur.

J'avais pris conscience qu'imposer ainsi son

autorité aux détenus en silence était le premier devoir du gardien de prison. L'intimidation était la façon la plus sensée de se confronter à eux, dans cet espace différent. De temps à autre, je regardais de haut, avec l'attitude d'un sergent-chef sadique, ces jeunes aux crânes rasés de près, en tenue grise de bagnard, mais je me vantais de m'attirer davantage leur confiance par cette attitude méprisante qu'en me laissant aller à bavarder avec eux. Toute compassion était inutile et taboue. Même lorsque le capitaine se tournait vers les prisonniers à l'entraînement pour leur crier des encouragements, je conservais mon masque. J'étais là pour les surveiller, et je ne relâchais jamais ma vigilance, me contentant de les tenir sans cesse sous mon contrôle. De leur côté, ils n'essayaient jamais de croiser mon regard. Ceux qui faisaient l'objet de cette surveillance voyaient dans un gardien à la fois un symbole de l'ensemble du système carcéral, et un simple rouage de la machine répressive. Les détenus ne me craignaient pas en tant que personne, c'était uniquement l'autorité que je représentais qu'ils respectaient. L'idée de ma singularité d'être humain ne leur effleurait même pas la conscience.

Je ne manifestais pas plus d'émotion envers Hanai qu'envers ses codétenus, j'avais même parfois une attitude plus hautaine envers lui qu'envers les autres, et je le regardais toujours depuis une position supérieure, afin d'éviter que, même par inadvertance, il se souvînt de m'avoir connu enfant. Debout juste à côté de lui tandis qu'accroupi sur le pont il s'entraînait à faire des nœuds, je l'observais en silence, lèvres pincées, bras croisés derrière le dos. Ni les lois ni les droits de l'homme n'avaient plus cours en ces lieux, où seule régnait une discipline absolue. Ces hommes s'entraînaient en vue de leur réinsertion, et moi je les surveillais afin de les empêcher de commettre quelque bévue, fatale pendant leur détention. Si inhumaine qu'elle fût, notre vie en symbiose, située au-delà de la logique qui régnait dans le monde normal, engendrait entre matons et prisonniers des relations de confiance qui ne pouvaient se développer que dans le cadre fermé d'une discipline de fer.

À l'heure de la pause, je mangeais mon casse-croûte sur le pont avec les prisonniers. Sous le ciel d'un bleu éclatant, ceux qui surveillaient et ceux qui étaient surveillés avaient conclu un accord, une trêve temporaire des hostilités, afin de satisfaire le besoin animal de se nourrir.

Au bout de l'embarcadère où était amarré le *Jeune homme des mers du Nord,* des pêcheurs laissaient pendre leurs lignes dans l'eau. On voyait parmi eux des jeunes gens aux allures d'étudiants.

Leurs voix rieuses, portées par la brise tiède, parvenaient jusqu'à nous. La distance était suffisante pour qu'on s'entende si l'on criait très fort. Les prisonniers devaient déjeuner dans la troublante proximité d'un monde dont ils étaient exclus. Certains, incapables de supporter les voix pleines de gaieté de ces citoyens ordinaires, tournaient le dos, baissaient les yeux. Gardiens ou prisonniers, l'esprit de chacun de nous était à mille lieues de ces éclats de rire. Les surveillants se sentaient parfois eux aussi condamnés à purger une peine.

Hanai mangeait seul, à l'écart, à l'avant du bateau. À le voir ainsi mâcher son riz en silence, il donnait à n'en pas douter l'impression d'un homme consacrant tous ses efforts à sa réinsertion future. Mêlé aux autres détenus, dans son vêtement de travail grisâtre, il n'avait plus rien du beau petit écolier à l'intelligence hors du commun qu'il avait été autrefois.

Ce jour-là, au bout d'un moment, il leva la tête pour contempler le ferry amarré à la jetée d'Hakodate. Cela me mit mal à l'aise, comme un homme qui entend faire devant lui des commentaires sur une de ses anciennes maîtresses. Soudain, Hanai me demanda la permission de parler. Il s'était levé, les deux bras pendant le long du corps. Les détenus devaient solliciter l'autorisation des gardiens pour toute conversation d'ordre privé. Le regard d'Hanai, qui semblait étudier avec curiosité mes traits à demi dissimulés par le képi, m'embarrassait. Esquivant cet examen à grand-peine grâce à la visière de mon képi, je me sentis envahi par l'inquiétude à l'idée qu'il pût se douter de notre passé commun.

« Autorisation accordée », dis-je.

Les yeux à nouveau tournés vers le navire, il demanda :

« Comment s'appelle le ferry couleur brique amarré à droite ? »

Sa question me parut intentionnelle. Je plissai légèrement les paupières. Tous les détenus avaient levé la tête en chœur. Sans aucun doute, Hanai devait soupçonner quelque chose à mon sujet. Après tout, j'avais beau garder mon képi enfoncé sur les yeux, nous nous côtoyions tous les jours. Contrairement aux détenus, les gardiens ne portaient pas de plaque avec leur nom inscrit dessus, mais tous les membres du groupe d'entraînement naval connaissaient mon nom. Ce patronyme était courant mais il était fort possible que le lointain souvenir du « Saitô » de son enfance fût peu à peu revenu à Hanai.

Chassant ces préoccupations, je le rejoignis à l'avant du navire.

« C'est le *Yoteimaru* », répondis-je d'une voix

forte, dressé à côté de lui comme pour le rabaisser, nier son existence.

Il y eut un silence. Je me raidis, aussitôt sur mes gardes, pressentant qu'il allait se passer quelque chose. Mais finalement, Hanai se contenta de me remercier d'un mot; il s'accroupit à nouveau sur le pont et se remit à manger son casse-croûte comme si de rien n'était. La vue de son dos rond, en position d'infériorité à mes pieds comme un instant plus tôt, me rassura mais je continuai à me demander pourquoi il m'avait interrogé précisément sur le nom de ce bateau. Ma question sans réponse demeura en suspens dans l'air, flottant au-dessus du pont.

4

Quelques jours plus tard, sous un ciel nuageux, le *Jeune homme des mers du Nord* partait vers le large.

Des bandes de nuages filaient dans le ciel au-dessus du détroit. Quelques rayons de soleil les traversaient par instants, se répandant sur les eaux, dessinant çà et là sur la surface bleu foncé des taches de lumière incertaine. Vue de ce bateau, la mer n'avait rien de commun avec celle que je contemplais autrefois depuis le pont du ferry : on eût dit que de gigantesques créatures vivantes grouillaient sous les vagues.

Depuis que j'avais cessé de naviguer, je craignais l'élément marin. J'avais résolu de l'éviter quelque temps, et ces premières retrouvailles me causaient une sensation désagréable, comme la douleur lancinante d'une vieille blessure réapparue à l'improviste. Peut-être le cadavre de mon père était-il toujours ballotté par les courants sous-marins. Ou alors des débris de la vie en miettes de Kimiko

Mizoguchi y flottaient... Je ne pouvais m'empêcher de penser aux innombrables âmes inconsolées des passagers et de l'équipage du *Tôyamaru*, naufragé dans ces parages, et à celles de tous les suicidés qui, incapables de se libérer totalement de ce monde, continuaient à errer sous la plaine liquide.

Indifférent à mes terreurs, le *Jeune homme des mers du Nord* poursuivait sa route, son moteur vrombissant vaillamment.

« Bâtiment de même type à quarante-cinq degrés à droite, entre un et deux miles de distance ! » lança Osamu Hanai, les yeux rivés à ses jumelles, d'une voix énergique.

L'exercice consistait à observer les bateaux qui s'approchaient et à annoncer au capitaine, de la voix la plus forte possible, à quelle distance ils se situaient et de quel type d'embarcation il s'agissait. Quatre membres de l'équipage debout à l'avant du bateau, trois sur le pont tribord et trois autres sur le pont bâbord étaient chargés de cette tâche. Hanai faisait partie de l'équipe de proue.

« Plus fort, Hanai ! » aboya le maître d'équipage dans le haut-parleur.

Hanai répéta son information, d'une voix puissante qui semblait venir du fond de ses entrailles. Puis les voix graves des autres détenus postés à bâbord et à tribord résonnèrent à leur tour. À l'intérieur de la cabine, le chef mécanicien consultait le radar, vérifiait que les stagiaires avaient évalué correctement la distance à vue d'œil et, en cas d'erreur, donnait les corrections à travers son micro.

Quand le navire ralentit l'allure pour entrer dans la baie, quelques bateaux de pêche filèrent juste à côté de nous.

Ces pêcheurs ignoraient-ils que le *Jeune homme des mers du Nord* était le bateau d'entraînement des prisonniers, ou le confondirent-ils avec un bâtiment d'apprentissage de la section Industrie maritime de l'université du Hokkaido toute proche ? Toujours est-il qu'ils se mirent à agiter la main vers nous en souriant. « Rendez-leur leur salut ! » criai-je aux détenus qui hésitaient, déconcertés. Plusieurs d'entre eux se mirent aussitôt à faire de grands moulinets avec les bras.

Dans l'après-midi, un petit crachin se mit à tomber et les stagiaires poursuivirent l'entraînement en ciré. Rudement secoués quand les vagues commencèrent à grossir, ils durent se confronter dès leur première sortie avec une mer qui révélait sa vraie nature. Ce jour-là, il n'était pas prévu que le bateau quitte la baie, mais le commandant, décidé à apprendre aux détenus à affronter l'élément marin, avait brusquement mis le cap sur le large. À peine le bateau était-il sorti de la baie que les vagues devinrent houleuses, le faisant tanguer violemment. « Stoppez les moteurs ! » hurla alors le capitaine, pour tester le courage des jeunes détenus. Au bout de dix minutes, la nausée se peignit sur les traits d'Hanai, debout à l'avant du bateau, le buste penché par-dessus le bastingage. Mâchoire tendue, lèvres serrées en une ligne fine, il pressait ses jumelles contre son ventre.

La pluie s'intensifia graduellement, frappant nos joues de plus en plus fort. La coque se mit à tanguer plus violemment encore et Hanai, les lèvres pincées, se recroquevilla complètement sur lui-même. L'illusion me saisit que c'était l'âme de mon père qui secouait le bateau, et commençait à accomplir ma vengeance à ma place. Des bras violacés émergeant des profondeurs de l'étendue gris sombre devant nous n'étaient-ils pas en train de se resserrer autour du ventre d'Hanai ?

La violence de ce tangage était incomparable, et infiniment plus dangereuse que sur le ferry par gros temps. Pourtant, les instructeurs avaient le sourire aux lèvres. La mer différait donc à ce point en fonction du bateau ? Même moi, il fallait que je m'agrippe à quelque chose pour me maintenir debout.

Hanai perdit brutalement son sang-froid, et se tourna vers moi, le visage décomposé, en criant : « S'il vous plaît ! » pour me demander la permission de parler, mais il paraissait plutôt appeler à l'aide. Je le regardai fixement. Je ne me souciais nullement de son sort, et ne fis pas mine de lui accorder l'autorisation réclamée ; je me contentai de contempler froidement, sans ciller, ses traits déformés par la souffrance. Il s'accroupit sur le pont et se mit à vomir. Tout en regardant son dos s'arrondir et se convulser violemment plusieurs fois, je me remémorai les teintes vives de l'océan lorsque je partais pour le large en compagnie de mon père.

Dans mon souvenir, la mer était calme, couverte à l'infini de vagues dorées. Quand je plongeais la main dans l'eau à l'avant de la barque tandis que mon père ramait, le contact de la soyeuse surface liquide me remplissait de bonheur. Elle ressemblait à une créature vivante nourrie de lumière, un joli animal respirant doucement. Cette scène remontait à l'anniversaire de mes cinq ans. À l'époque, je voyais encore la mer comme un élément solide, une continuation de la terre ferme.

Une fois que nous fûmes un peu éloignés de la côte, mon père me prit dans ses bras, puis me jeta à l'eau sans autre préparation. Aussi irrité que surpris, je manquai me noyer en me débattant. Les reflets de l'eau et de l'écume, le silence de la mer à ce moment-là me parurent magnifiques. Il me semble que, tout en étant effrayé par ce gouffre de plusieurs dizaines de mètres sous mes pieds, j'étais en même temps profondément ému par l'éclat aigu des rayons de soleil filtrant à travers les vagues.

Moi qui ne savais pas nager, je n'avais pourtant pas le choix : je devais regagner la barque à la nage. Je me rendais compte que la mer n'était pas un corps solide, et que, pareil à une fourmi-lion, plus je faisais d'efforts pour résister, plus je m'enfonçais. Cependant, grâce à un instinct purement animal, je finis par saisir une différence subtile dans la façon d'utiliser mes forces, ce qui me permit de me propulser vers la surface au lieu de couler. Je sombrai néanmoins plusieurs fois ; juste en dessous de l'étincelante plaine liquide que je connaissais, régnaient les ténèbres et l'instabilité. Une angoissante obscurité absorbait aussitôt les simples rais de lumière qui parvenaient jusque-là. Chaque fois, mon corps rebondissait vers la surface, ma bouche recrachait de l'écume.

Je parvins enfin, sans trop savoir comment, à agripper le flanc de la barque, et me sentis aussitôt soulevé dans les airs par les gros bras de pêcheur de mon père.

« Quand tu auras apprivoisé la mer, tu n'auras plus peur d'elle. »

Après ce baptême imprévu, mon père se remit à ramer comme si rien ne s'était passé. Quant à moi, je restai un moment appuyé contre l'avant de la barque, vomissant tout le contenu de mon estomac. À cet instant, je fus envahi par une foule de sensations nouvelles, le sel sur ma peau, le vent fougueux de la mer, en même temps qu'une paix inconnue m'enveloppait comme de la soie...

Je me rendis compte soudain que le *Jeune homme des mers du Nord* venait d'entrer dans les eaux de la baie d'Hakodate, et mouillait un peu avant le rivage d'Anama. Juste sous mes yeux se dressait une falaise abrupte, probablement celle-là même contre laquelle une mer démontée avait jeté mon père autrefois. La seule vue de cette côte escarpée me faisait frissonner, comme si les roches à nu écorchaient ma peau. Moi qui n'avais pas voulu accepter la mort de mon père, jamais je n'avais joint les mains devant un autel pour prier pour le repos de son âme. Mon père n'avait pas de sépulture. Son corps n'était pas remonté à la surface, il avait pour seul tombeau cette plaine liquide sous mes yeux. Face à la falaise abrupte contre laquelle sa vie s'était brisée, je me sentais en pèlerinage sur sa tombe. Il était mort un beau jour à l'intérieur de moi, et sa disparition était restée scellée dans mon corps au fur et à mesure que je grandissais. Tourné vers l'énorme promontoire rocheux qui me faisait face, j'arc-boutai mes jambes sur le pont pour me maintenir debout, et rendis à mon père un silencieux hommage.

Le bruit de la pluie frappant mon ciré résonnait

de plus en plus fort à mes oreilles. Le chef mécanicien, se rendant compte que le mauvais temps s'intensifiait, se tourna vers le capitaine en criant :

« Qu'est-ce qu'on fait ? »

Les détenus, sous l'emprise d'une peur grandissante, esquissaient des mouvements de recul devant ce baptême d'une violence inattendue.

« Trente degrés à tribord, un mile de distance, un gros bâtiment se dirige vers nous ! » cria l'un des stagiaires posté à tribord.

À ce moment, le grain redoubla d'intensité, frappant de biais la coque du bateau, bouchant toute visibilité. Une sirène retentit, je reconnus celle du *Yoteimaru*. Je courus vers le pont tribord, arrachai les jumelles des mains du détenu pour regarder à mon tour : sur fond brouillé de pluie, je distinguai les contours du navire qui se dirigeait vers nous. Le chef mécanicien, qui observait le radar en bas, annonça au capitaine :

« C'est le ferry qui assure la liaison Hakodate-Aomori. »

Bientôt, au milieu des trombes de pluie, la silhouette du *Yoteimaru*, filant à vive allure, apparut dans notre champ de vision, comme si elle venait de traverser un fin rideau : une masse noire de plus de cinq tonnes nous dominait et nous barrait la route.

Je montai sur le pont avant, qui s'était légèrement soulevé. Voir ainsi le *Yoteimaru* au-dessus de moi m'emplissait d'une nostalgie irrépressible. Indifférent à la mer déchaînée, le ferry nous dépassa sans nous accorder la moindre attention. Devant une telle majesté, comment imaginer que l'existence de ce navire tirait à sa fin ? On voyait aller et venir sur le pont les silhouettes en uniforme des hommes d'équipage. Ils étaient trop loin de moi pour que je fusse à même de les reconnaître, mais je savais, sans le moindre doute, qu'il s'agissait de mes anciens collègues. Dans un soupir furtif, je recrachai tout l'air de mes poumons, essayant d'imaginer dans quel état d'esprit ils s'activaient désormais à leurs tâches, œuvrant pour maintenir en activité cette route maritime, autrefois artère principale reliant le Hokkaido au Honshû, aujourd'hui fil ténu qui n'allait pas tarder à disparaître.

5

L'été approchait lorsque revint mon tour de garde mensuel. Le temps avait beau passer, je ne m'habituais toujours pas aux remugles qui imprégnaient cette vieille bâtisse de bois. L'odeur âcre de la prison évoquait celle d'un gymnase, surtout les jours sans vent, où l'atmosphère restait plus confinée que jamais. Mes pas se dirigèrent d'eux-mêmes vers le baraquement numéro trois, où se trouvait la cellule d'Osamu Hanai.

Plus les jours passaient, plus sa présence m'obsédait : il avait pris dans mon esprit les proportions d'un spectre contre lequel j'étais impuissant à me défendre, et qui me hantait vingt-quatre heures sur vingt-quatre, venant me troubler jusque dans mon intimité. Chaque soir, après avoir couché notre fils, ma femme passait un moment près de moi et, lorsque nous avions épuisé tous les sujets de conversation, elle trouvait toujours une occasion pour me demander :

« Alors, ton ami d'enfance ne t'a toujours pas reconnu ? »

Je ne répondais rien, et elle poursuivait :

« Bah, cela n'a pas d'importance, tu n'es pas obligé de m'en parler. Je sais bien que je t'ai promis de ne pas te poser de questions sur ton travail, mais cette histoire-là, c'est toi qui l'as évoquée le premier. Tu as bien fait le fanfaron, non ? "Un de mes anciens camarades de classe vient d'être incarcéré. Il m'a beaucoup tourmenté autrefois, mais maintenant, je vais enfin pouvoir prendre ma revanche !" Voilà ce que tu m'as dit. »

Elle s'acharnait ainsi contre moi, à l'encontre de sa gentillesse coutumière. Elle savait parfaitement que cette attitude suscitait ma colère. Quand elle me voyait sur le point d'exploser et de me mettre à crier, elle désignait du menton la pièce du fond, où ma mère grabataire était alitée depuis des années, et disait :

« Arrête, tu vas réveiller maman. Moi, je passe mes journées à m'occuper d'une malade et d'un bébé. Je ne me plains pas, mais tout de même, le soir venu, je peux bien redevenir une femme normale et parler de choses et d'autres avec mon mari, non ? »

Le visage d'Hanai, un sourire insolent aux lèvres, s'imposait alors à mon esprit : ce diable d'homme tirait-il les ficelles de ma vie de famille, à distance, depuis sa cellule ?

Le soleil de cette belle journée d'été pénétrait de biais à travers les barreaux de la lucarne du fond, dessinant quelques colonnes de lumière sur le sol du corridor. Un papillon, entré je ne sais comment, voltigeait péniblement çà et là. Je distinguais nettement ses battements d'ailes saccadés de jouet mécanique, ainsi que les motifs de ses ailes déchirées. Il devait errer depuis longtemps, à la recherche d'une issue, et semblait avoir épuisé toute sa force vitale. L'air absent, je suivis des yeux un instant sa danse silencieuse et lugubre dans le couloir hermétiquement clos de la prison. La belle course hasardeuse de ce pitoyable insecte à l'agonie eut pour effet contradictoire de m'apaiser l'esprit.

Autrefois, par un jour d'été similaire, j'avais appris qu'Hanai allait changer d'école. Il régnait une chaleur intense, les vacances approchaient et il restait à peine une semaine avant la distribution des prix de fin de trimestre. Cette nouvelle m'avait d'abord procuré un immense soulagement : une fois Hanai parti, les persécutions puériles des garnements de la classe me seraient faciles à supporter. Il me suffirait d'ignorer ces gamineries de la plus vile espèce pour qu'elles cessent d'elles-mêmes. Le seul problème était l'intelligence d'Hanai, qui avait transformé des tracasseries de gamins sans malice en brutalités perverses.

« S'il ne veut pas coopérer avec nous et ne s'intègre pas dans le groupe, il faut lui forger le caractère, c'est pour son bien. »

Une seule phrase lui avait suffi pour me faire passer pour un lâche et un asocial, et me désigner comme cible aux attaques impitoyables de toute la classe. Rien n'est plus effrayant qu'un châtiment infligé au nom de la justice. Une fois leur conscience soulagée d'un éventuel sentiment de culpabilité grâce aux conseils prêchés par Hanai, mes camarades pouvaient me battre en toute bonne foi ; en outre, comme ils prétendaient me remettre de la sorte dans le droit chemin, ils ne ménageaient pas la force de leurs coups. Hanai lui aussi m'utilisait, m'agitait comme un épouvantail : ma présence lui permettait de regrouper habilement toute la classe autour de lui, et de consolider sa position de chef. S'il n'avait pas changé d'école et était resté avec nous jusqu'à la fin de ses études primaires, aurais-je été capable de conserver la moindre estime de moi-même ? J'en doute.

Plus le jour du départ d'Hanai approchait, plus je bouillais d'impatience : il fallait absolument que je me venge avant qu'il s'en aille. Je me devais de le faire, pour laver l'affront fait à mon père et pour retrouver mon intégrité d'être humain, moi qui avais vu mon existence même niée devant toute la classe. Il fallait en finir avec cette histoire avant le départ d'Hanai, ne serait-ce que pour assurer ma propre position à l'école une fois qu'il n'y serait plus. L'idéal était de le frapper de toutes mes forces devant la classe réunie, la veille de son départ : cet acte anéantirait d'un coup son orgueil ainsi que la légende qui l'entourait, et consacrerait ma propre résurrection aux yeux de nos camarades. J'avais une autre raison d'attendre la cérémonie de fin de trimestre pour accomplir ma vengeance : Hanai partait le lendemain, cela ne lui laisserait pas assez de temps pour réagir.

Le jour dit, je me mis à guetter une occasion dès le matin ; ma résolution était prise, et je me tenais prêt pour l'instant où je tiendrais enfin ma revanche. Cependant, Hanai choisit le moment précis où je jugeai l'heure d'agir enfin venue, pour faire l'annonce publique de notre réconciliation :

« Mon seul sujet de préoccupation, commença-t-il, c'est le sort de Saitô après mon départ. Si vous êtes prêts à l'accepter parmi vous et à le traiter comme un de vos condisciples, je quitterai cette école sans laisser de regrets derrière moi. Je vous demande avant tout de ne pas le maintenir à l'écart. »

Il lança cette proposition en préambule à son discours d'adieu, au cours de la petite fête organisée pour son départ pendant le cours de conversation dirigée. Devant ce développement inattendu, l'hostilité des regards tournés vers moi vacilla soudain, tandis que je demeurai hébété, incapable de faire quoi que ce soit d'autre que d'écouter la suite du discours. Rien n'aurait su mieux que ces paroles mielleuses remuer le cœur des écolières chagrinées par le départ de leur héros : cette parodie de justice leur arracha des larmes.

Si je n'avais tenu aucun compte de la réconciliation annoncée, et m'étais jeté sur lui à coups de poing à ce moment-là comme j'avais initialement prévu de le faire, je me serais mis à dos tous les élèves de l'école, et le spectre d'Hanai m'aurait poursuivi jusqu'à la fin de mes études. Me rendant compte qu'il avait finalement réussi sans aucune difficulté à me priver de mon ultime occasion de vengeance, je me mis à trépigner de dépit, le sang me monta à la tête de frustration et de rage et, de retour chez moi, je passai la nuit à vomir dans la salle de bains.

Le lendemain, cependant, à ma propre surprise, je me rendis avec les autres jusqu'à la jetée d'Hakodate pour dire au revoir à mon ennemi, comme poussé par une force magnétique indépendante de ma volonté.

Tendrement entouré de son père et de sa mère, employés de bureau ordinaires, Hanai bombait fièrement le torse dans son costume flambant neuf, tel un héros miniature. Moi qui venais d'un modeste milieu de pêcheurs, je sentais flotter autour d'eux une atmosphère à mille lieues de celle de mon foyer. La vue de ce tableau plein de fraîcheur suffit ce jour-là à me donner pleinement conscience de ma propre indigence ; il me sembla que la répulsion qu'il m'inspirait était fondée sur une jalousie déplacée, une sorte de révolte contre mon sort parfaitement incongrue, étant donné mon statut. Je m'enfonçai alors dans une confusion de plus en plus inextricable.

Hanai serra la main à tout le monde, eut pour chacun un mot d'adieu aimable, accompagné d'un sourire sans nuage. Quant à moi, plus troublé que jamais, je m'éloignai à reculons de la foule amassée autour de lui, regrettant d'être venu, désireux maintenant de fuir cette ultime mise en scène uniquement destinée à permettre à son instigateur de « finir en beauté ». Hanai, tout confit de fausse bonté, se livrait à ses simagrées habituelles. Il s'approcha de moi, qui m'étais fait tout petit dans un coin et haussa la voix de manière à être entendu de tous pour me déclarer :

« À l'avenir, il faut que tu deviennes plus fort, et que tu développes une personnalité bien à toi. »

Confondus par cette habile mascarade, les écoliers les plus proches de nous laissèrent échapper des murmures approbateurs. Pour ma part, je serrai la main d'Hanai de toutes mes forces et, l'attirant vers moi, crachai dans un souffle ce mot dans lequel était concentré l'ensemble des émotions qui m'agitaient : « Hypocrite ! » J'avais mis toute mon énergie dans cette insulte mais l'avais prononcée si bas que son destinataire fut le seul à l'entendre. À ma grande surprise, il parut complètement déconcerté. Muet de stupeur, le regard fixé sur moi, il perdit contenance un instant, puis détourna hâtivement les yeux et courut se réfugier entre ses parents ; il traversa la passerelle comme s'il prenait la fuite, et monta sur le ferry, sous les applaudissements chaleureux des filles.

Sur un signal du responsable du service des passagers, debout sur le pont, les stewards ouvrirent les coupées. La passerelle se releva lentement, les amarres furent larguées. Une sirène retentit, les vibrations des hélices se répercutèrent jusqu'à l'embarcadère. À dater de cet instant, Hanai et moi, enfin séparés, prîmes notre essor vers deux mondes différents.

Lorsque le navire commença à s'éloigner du quai, tous les écoliers se mirent à agiter les bras pour dire au revoir à l'enfant prodige, et certains s'effondrèrent en larmes : on eût dit un départ pour le front. Debout sur le pont entre ses parents, Hanai contemplait la scène d'en haut. Était-ce une impression ? Il me parut avoir perdu un peu de sa superbe. Son sourire contraint ne contenait rien d'autre que du vide.

Le papillon voleta paisiblement un moment autour de moi, puis voulut se poser sur le cadenas de la cellule d'Hanai. Mais en dépit d'efforts répétés, il glissa et rata son atterrissage ; il finit par abandonner la partie et s'envoler un peu plus loin.

Je jetai un coup d'œil à travers le judas : Hanai était assis par terre, jambes croisées, les yeux baissés sur un livre, au milieu de son étroite cellule qui ne mesurait guère plus de trois nattes. Je crus d'abord, à la position de sa tête penchée en avant, qu'il dormait mais je fus surpris de le voir soudain tourner une page, rapidement, sans mouvement superflu, puis une autre. Le claquement sec des feuilles résonnait étrangement dans la cellule, donnant soudain une sensation aiguë de présence dans ce lieu mortellement calme, avant de se résorber à nouveau dans le silence.

Les ouvrages empilés juste à côté d'Hanai appartenaient presque tous à la bibliothèque de la prison, et traitaient de religion ou de politique. Les autres détenus empruntaient plutôt des bandes dessinées ou des magazines, mais lui ne touchait pas à ce genre de lecture. Depuis deux mois qu'il était arrivé ici, il avait déjà dévoré pratiquement tous les livres disponibles, et avait demandé que le fonds d'emprunt fût augmenté.

Ainsi immobile, Hanai semblait former le pilier central d'un espace étrangement vaste, en dépit de l'étroitesse de la cellule : les quatre murs dressés autour de lui paraissaient soutenir le plafond par l'effet de sa seule volonté. La lumière qui pénétrait par une lucarne grillagée située derrière lui découpait nettement les contours de sa silhouette, lui conférant une épaisseur que son corps efflanqué était loin d'avoir en réalité. Derrière lui, j'apercevais son lit, si parfaitement fait au carré qu'il semblait n'avoir jamais été utilisé ; plus au fond encore, un lavabo minuscule et une cuvette de W-C étaient collés au mur. En songeant à la tuyauterie de ces sanitaires, directement reliée à la mer, je me dis que la cellule d'Hanai était plus proche d'une porte d'accès donnant sur un monde infini que d'une cabine pressurisée totalement hermétique.

Mes yeux étaient secs et douloureux à force de regarder fixement dans le judas. Je vis soudain basculer la main d'Hanai, occupée à tourner les pages de son livre : un vertige m'avait saisi, si fort que je crus que mon esprit quittait mon corps. L'instant d'après, Hanai relevait lentement la tête. Son regard indifférent croisa le mien.

Nous étions séparés, non par la porte d'acier de sa cellule, mais par un détroit d'à peine quelques centimètres de large, aux eaux si profondes qu'on n'en pouvait distinguer le fond. Apparu à notre insu, il formait une insurmontable barrière entre nos deux mondes.

« Qu'y a-t-il ? Hanai a fait quelque chose ? »

Un de mes collègues, debout à quelques mètres de moi, me regardait d'un air soupçonneux. Il se hâta de venir jeter un coup d'œil à son tour dans le judas, puis murmura, d'un ton de reproche voilé, ou peut-être simplement déconcerté par mon attitude et s'interrogeant sur mes intentions :

« Tu le surveilles en permanence... »

Je secouai la tête, les lèvres pincées, et répondis brièvement.

« Non, rien de particulier. »

6

Toute irritation provient d'une cause. Si j'essayais de définir la mienne, je pouvais trouver sans mal plusieurs explications à cette rage rentrée qui me rongeait. Ma démission du service de navigation y contribuait certainement mais, loin d'en constituer la raison principale, formait seulement le point de départ. Plus exactement, j'avais dans cette ville tant de sujets d'insatisfaction évidents que mettre à jour les causes profondes de mon mal-être n'en devenait que plus difficile.

La sourde irascibilité dont je souffrais à l'origine s'était aggravée depuis l'arrivée d'Hanai au pénitencier; plus mon ancien tortionnaire se tenait coi, plus l'exaspération se déposait au fond de mon être, comme des couches de sédiments successives. Au bar de la marine, le moindre prétexte m'était bon pour me quereller avec mes anciens collègues du *Yoteimaru*. Le jour fixé pour la fermeture de la ligne du ferry approchait, et leur colère, plus justifiée que la mienne, se manifestait désormais ouvertement.

Le chef mécanicien m'humilia un soir devant tout le monde, en m'accusant d'opportunisme. La vision de la silhouette d'Osamu Hanai à l'époque où il était le meilleur élève de ma classe traversa alors mon esprit. Ce qualificatif d'« opportuniste » ne manquait pas de sel, adressé à moi, fils de pêcheur sans le sou, et de surcroît peu manœuvrier de nature. Mes collègues du ferry étaient de braves gars sans malice, encore plus ignorants que moi de l'art de faire son chemin dans la vie. Quoi d'étonnant s'ils restaient persuadés que j'étais un arriviste et que j'avais habilement mené ma barque en changeant de métier à temps ?

Je m'aperçus tout à coup que mon poing était parti plus vite que celui du mécanicien. Quand je le vis s'effondrer sur la table de tout son poids, fauchant les verres au passage, la digue de ma colère retenue se rompit. Je perdis conscience de moi-même, un grand vide se fit dans ma tête : ce fut un instant de joie intense. Mon corps galvanisé se laissa emporter par son élan, tandis que ma raison vacillait devant la gravité de ce que je m'apprêtais à faire, et je me jetai dans la bagarre comme si ma vie en dépendait. J'attrapai mon adversaire au collet, nous nous abreuvâmes réciproquement d'injures incohérentes. Cette conduite insensée avait pour moteur une rage violente et irrépressible, qui ébranlait jusqu'aux fondements de mon existence.

Intrigués par le tapage qui régnait au premier étage, les clients du rez-de-chaussée vinrent jeter un coup d'œil sur la scène et mêler leurs clameurs aux nôtres. Les autres marins du ferry, jusque-là assis en cercle, tentèrent de s'interposer entre le chef mécanicien et moi, mais quand pareil incendie se met à dévorer un esprit assoiffé depuis si longtemps de violence, il ne se maîtrise pas sans difficulté. Au moment où mon poing s'écrasait sur le menton du mécanicien, une douleur fulgurante, aussi désagréable que si ce coup tuméfiait mes propres chairs, se propagea jusqu'à mon cerveau. Mon adversaire riposta par un uppercut au nez. Mon sang se mit à jaillir à flots intarissables, teignant de rouge les chemises blanches à col ouvert de ceux de mes anciens collègues qui tentaient de nous séparer. Oubliant totalement ma condition de fonctionnaire de l'administration pénitentiaire, je me mis à hurler des insultes à la face de mon adversaire. Mais à qui exactement s'adressait la haine qui m'animait alors ? Une souffrance aiguë vrillait les couches profondes de ma conscience, tandis que dans la réalité le sang continuait à couler, les éclats de voix à résonner.

Finalement nos camarades parvinrent à nous séparer et à apaiser de force la rage aveugle qui nous animait l'un et l'autre. Une fois la bagarre terminée, quelqu'un se tourna vers les clients du rez-de-chaussée qui, amassés en bas de l'escalier, observaient les événements avec curiosité, et leur cria d'un ton plein de hargne :

« Dites donc, vous n'êtes pas au spectacle ! »

Le patron du bar fendit le groupe de clients pour apporter des serviettes chaudes aux combattants. Je pressai la mienne sur mon nez, ouvris la bouche en grimaçant, pris plusieurs grandes inspirations. La rage, loin de s'apaiser avec la bagarre, s'était installée au creux de mon estomac et me torturait cruellement. Le chef mécanicien que j'avais bourré de coups évitait mon regard, et fixait le mur d'un air mortifié.

Je m'étais déjà battu avec lui, peu après mon entrée dans la compagnie de navigation. Lors de ma première traversée en ferry, de fortes chutes de neige s'étaient abattues sur Aomori et le voyage de retour avait dû être annulé à cause du mauvais temps, contraignant l'équipage à passer la nuit sur place. Une fois le travail fini, nous étions partis faire la tournée des bars ; quelques jeunes mécaniciens navigants s'étaient joints à l'équipe du service des passagers au grand complet. La bagarre de ce soir-là fut pour moi une sorte de baptême. Dès la sortie du premier bar, le chef mécanicien, qui avait le vin mauvais, commença à me chercher querelle en me traitant de gigolo. Je savais depuis longtemps, instruit par l'expérience de l'école primaire, que je ne devais pas m'attendre à des compliments à mon entrée dans une nouvelle compagnie. Cependant, mon poing partit instinctivement vers le menton du mécanicien. Notre bagarre devint vite le symbole de la rivalité qui opposait l'équipe du service des passagers à celle des machines. Mon adversaire m'empoigna en hurlant :

« Débiter des frivolités aux dames, c'est pourtant bien tout ce que tu sais faire ! Si ce que je dis te vexe, fais donc avancer le ferry pour voir. »

Je me devais de répondre à cette provocation. Sur les paquebots étrangers, le capitaine et le chef du service passager jouissaient d'une égale autorité, et c'était là le fondement de l'esprit de corps des stewards, qui estimaient leur tâche aussi importante que celle des mécaniciens. Je me jetai sur le matelot à coups de poing :

« Rappelle-toi bien une chose : la raison d'être d'un ferry est le transport des passagers ! »

J'éprouvai alors une sensation de défoulement similaire à celle que procure la pratique d'un sport. Aucun de nos camarades ne tenta de nous arrêter, ils nous surveillaient au contraire en tapant des mains et en nous criant des encouragements quand la fatigue nous faisait flancher. Chaque fois que nos corps se heurtaient, une agréable commotion secouait mon esprit. Des images de la ville d'Aomori dans la nuit, bloquée par la neige, se superposaient devant ma rétine, et se brouillaient de plus en plus. Au cours de cet affrontement corps à corps, sous la neige qui tombait sans discontinuer, le machiniste et moi roulâmes plusieurs fois à terre, sans qu'aucun de nous deux ne cédât d'un pouce. Les acclamations joyeuses de nos collègues résonnaient derrière nous tandis que nous poursuivions la lutte, bras solidement entremêlés. Pour finir, nous nous serrâmes la main et nous aidâmes mutuellement à nous relever : cette bagarre sans vainqueur ni vaincu avait scellé notre amitié, et créé entre nous un lien indéfectible.

Cette fois, cependant, la querelle provoquée par notre chagrin réciproque avait un goût amer, et la leçon que j'en tirais était fort différente : je me rendais compte avec tristesse que je n'avais plus ma place parmi mes anciens collègues.

J'attendis qu'ils aient tous quitté les lieux pour enlever ma chemise tachée de sang, et partis à mon tour dans la nuit, en maillot de corps, en direction de la Grande Arche.

Je traversai la ruelle aux saules, puis m'aventurai vers la partie la plus reculée du quartier de plaisir. Je m'enfonçai de plus en plus dans des passages tortueux, dont je ne m'approchais d'ordinaire jamais : cette marche dans la nuit servait d'exutoire à mes émotions encore à vif. Dès que je m'approchais d'une boîte de nuit, les racoleurs postés à l'entrée me débitaient leurs boniments. Je me rendis compte progressivement que si j'avais marché jusque-là, c'était précisément dans l'espoir de me laisser arrêter par leurs appels.

« Allez, grand frère, viens prendre un peu de bon temps !

— Non ! » répondais-je chaque fois en secouant violemment la tête.

Ce faisant, j'essayais d'éliminer le restant de fièvre qui bouillait encore dans mon sang. Je crachais toujours une salive mêlée de filets rouges mais la rage emprisonnée jusque-là dans mon ventre s'écoulait peu à peu, laissant place à une joie profonde, comme après un exercice de purification.

Combien de temps errai-je ainsi dans ce quartier mal famé ? La tête levée vers les néons, respirant la brise tiède à pleins poumons, je laissai ma colère se calmer. Je venais de tourner dans une série d'étroites ruelles, lorsqu'une voix derrière moi m'appela par mon nom. Je me retournai : un homme jeune, de petite taille, qui racolait devant une boîte de nuit, me regardait en hochant la tête. Il déclara en exhibant des dents jaunies :

« C'est bien ce que je pensais, c'est toi. Le père Saitô ! Le monde est petit, pas vrai ? »

Le « père Untel » : c'est ainsi que les détenus

nommaient entre eux les gardiens. Je me souvenais de ce pensionnaire-là, il avait été incarcéré pour trafic de stupéfiants.

Prudemment, je restai à distance respectable de lui.

« Qu'est-ce qu'il y a ? Ne me fixe pas comme ça ! Je me suis racheté une conduite, tu sais, je fais un travail honnête maintenant. »

Il se mit à rire, me prit par le bras et m'entraîna de force vers le bar :

« Viens donc boire une petite bière, ce n'est pas tous les jours qu'on retrouve une ancienne connaissance ! »

Je tentai de résister mais il avançait à une allure qui ne me laissait guère le choix. Une fille sortit du bar pour venir à notre rencontre. La vue de sa tenue — une robe rouge vif fendue sur les côtés — éclairée par les réverbères de la rue, provoqua aussitôt mon embarras. Cependant, je devinai tout de suite au sourire qu'elle m'adressa qu'elle ne chercherait pas à me duper : elle n'avait pas l'expression d'une professionnelle habituée à accueillir les clients, il émanait d'elle au contraire une gentillesse naturelle qui incitait à la confiance.

« Shizu-chan, lança l'ancien détenu en décochant une bourrade assez forte dans le dos de la jeune femme, occupe-toi bien de lui, c'est un client important, quelqu'un qui m'a aidé dans le temps. »

Docile, elle vint se placer à mes côtés, me souhaita le bonsoir avec un sourire timide, puis passa gauchement son bras sous le mien. La chaleur de son corps, son parfum eurent raison en un clin d'œil de mes résistances, et c'est de ma propre initiative que je pénétrai dans l'établissement.

De ma naissance jusqu'à mes débuts dans le métier de gardien de prison, j'avais toujours vécu dans cette ville, et je me sentais envahi par une brusque impulsion de briser les coutumes, les barrières, les lois qui y stagnaient depuis si longtemps. Ma bagarre avec le chef mécanicien avait peut-être ouvert la porte à de nouvelles opportunités. Ma vie trop bien réglée me déprimait. Après tout, je ne ferais de mal à personne en me permettant quelques folies. Certainement, d'autres gardiens avant moi avaient dû prendre le risque de s'aventurer dans les quartiers louches. Mais moi — était-ce par lâcheté, ou simplement parce que je ne savais pas m'y prendre ? — jamais encore je n'avais mis les pieds dans un établissement de plaisir.

Il faisait sombre à l'intérieur du bar, bien plus petit que je ne l'aurais imaginé. À part la jeune femme que l'ancien détenu avait appelée Shizu, le personnel comptait deux autres hôtesses, d'âge plus mûr; j'étais le seul client. Assis à une distance raisonnable de ma compagne, je me mis à boire en silence, à petites gorgées, le whisky qu'elle me versait.

Ses dents de devant bien alignées et saines, luisant sous le faible éclairage, ainsi que sa petite bouche ronde et brillante, excitèrent légèrement mon désir, sans que cela dépassât le stade d'un fantasme vaguement troublant.

Malgré tout, mes yeux revenaient régulièrement vers elle, et elle répondait chaque fois par de rapides œillades. Dès que nos regards se rencontraient, nous les détournions timidement, pour vérifier l'instant d'après, d'un coup d'œil furtif, l'évolution de nos sentiments l'un pour l'autre. Nous étions assis au fond du bar désert, tassés dans les fauteuils d'une petite loge privée; la moindre tentative de conversation tournait court, mais rien ne pouvait me réconforter davantage à ce moment-là que la présence d'une femme à mes côtés.

Elle se contenta d'essuyer sans rien dire mon nez taché de sang avec une serviette chaude, ne posa aucune question sur l'incongruité de ma tenue — j'étais toujours en maillot de corps. Lorsque je lui confiai que j'étais un ancien membre de l'équipage de la ligne régulière entre Hokkaido et Honshû, ses yeux se mirent à briller; elle m'expliqua à son tour en souriant qu'elle était arrivée d'Aomori en ferry six mois plus tôt à peine, et était nouvelle venue à Hakodate.

« Je voulais repartir de zéro... »

Mâchoires serrées, tête penchée, elle parut réfléchir un instant. Son regard se fit lointain, le sourire qui retroussait les commissures de ses lèvres se relâcha progressivement, révélant la fragilité d'espérances sans doute vite déçues.

J'avais terminé mon verre de whisky, et m'apprêtais à m'en aller, lorsque je remarquai à l'arrière de son poignet gauche une large cicatrice de cinq centimètres environ. Je compris alors pourquoi, malgré la chaleur estivale, elle portait un chemisier d'organdi à manches longues sous sa robe. La plaie était refermée mais de toute évidence récente : à en juger d'après la couleur rosée de la croûte, il ne s'était pas encore écoulé suffisamment de temps pour apaiser les tourments de son cœur.

Shizu s'aperçut de la direction de mon regard, et un sourire mi-amer vint flotter sur ses traits.

« C'est une trop grande solitude qui déclenche l'envie de se suicider, je crois. »

Je pensai à Kimiko Mizoguchi. Son dernier sourire avant de mourir, c'est à moi qu'elle l'avait adressé, sans nul doute. Si je ne l'avais pas rencontrée en ce lieu et à ce moment, aurait-elle renoncé à son fatal projet? Était-ce de m'avoir ainsi retrouvé par hasard qui avait fait basculer sa raison chancelante, et l'avait poussée à choisir la mort ?

« Les âmes des suicidés restent attachées aux affaires de ce monde, elles ne peuvent accéder aux paradis des Bouddhas. »

L'éclairage rouge du bar se reflétait dans les yeux de la jeune femme, enfiévrant ses yeux noirs tandis qu'elle parlait. Je songeai à Kimiko : elle aussi devait errer dans les limbes, entre le monde des esprits et le nôtre.

« La lame s'est arrêtée juste avant l'artère », dit Shizu en levant son poignet pour me le montrer à la lumière.

Le bourrelet de chair rosée, exposé nu à mon regard, avait quelque chose d'obscène.

« J'avais une si terrible envie de pleurer, mais les larmes refusaient de couler, alors je me suis tranché le poignet. C'était la seule façon d'échapper au monde qui m'entourait. »

Le regard de Shizu, posé sur sa cicatrice, ne souriait plus.

« Si j'avais vraiment voulu me tuer, je ne me serais pas arrêtée en si bon chemin. Mais la vue du sang a suffi à me satisfaire. Je me disais, au moins comme ça, *il* ne m'oubliera jamais, *il* sera obligé de penser à moi toute sa vie. »

Je saisis le bras de la jeune femme, l'attirai vers moi, entourai tendrement sa cicatrice de mes deux mains. Le silence s'installa entre nous, repoussant au loin les mots et les sourires. Il me suffisait de resserrer légèrement mon étreinte pour sentir son pouls battre sous mes doigts, et le sang circuler en elle en un élan désespéré.

Je remontais l'étroite volée de marches menant au-dehors d'un pas rendu chancelant par l'ivresse, lorsque l'ancien détenu me rattrapa :

« Alors, comment trouves-tu l'endroit ?

— Très agréable.

— Passe de temps en temps ! C'est un établissement honnête, ici, tu peux prendre du bon temps sans aucun risque », insista-t-il.

J'allais m'éloigner quand sa voix de fausset m'arrêta à nouveau :

« Dis donc, tu n'as pas l'air en forme ! Demain, tu reprends le travail, c'est ça ? »

J'emplis mes poumons de l'air de la rue au puissant parfum de marée, puis me tournai à nouveau vers lui.

« Normal que ça te déprime, hein ! » m'asséna-t-il dans un éclat de rire, exhibant ses dents de devant jaunies, avant de poursuivre en criant presque : « Nous, on ne doit supporter ça qu'un moment. Une fois qu'on a purgé notre peine, on peut ressortir, mais vous, les matons, c'est terrible, vous êtes dedans à perpétuité ! »

7

Le jour où Osamu Hanai reçut sa première demande de visite, il faisait un temps vraiment estival, chose rare dans le Hokkaido. La température montait depuis le matin, et j'étais sorti de chez moi, écœuré à l'avance par l'annonce faite aux informations de sept heures : cette journée allait battre tous les records de canicule enregistrés par l'observatoire météorologique. Au pénitencier aussi, la montée rapide de la chaleur semblait avoir ramolli les esprits : pas la moindre velléité de cris ni d'agitation en provenance des cellules. Le fourgon cellulaire n'était pas disponible ce jour-là, car un grand nombre de détenus devait être transféré sous bonne escorte dans un établissement de Sapporo, si bien que l'entraînement maritime avait été annulé pour quelques jours et remplacé par des cours à l'intérieur de la prison.

Je fus chargé de transmettre à Hanai la demande de parloir. Son visage commença par s'assombrir puis, au bout d'un moment, il inclina la tête et laissa tomber d'une voix sans force :

« Entendu. »

Le règlement de la maison d'arrêt interdisait de révéler l'identité du solliciteur avant son arrivée au parloir, mais comme seuls les membres de la famille disposaient d'un droit de visite, Hanai dut comprendre aussitôt qu'il s'agissait de sa mère.

Personne n'était venu le voir depuis son transfert à Hakodate, cinq mois plus tôt, alors que certains détenus avaient une entrevue mensuelle avec leurs proches. On ne pouvait certes rien changer au fait que ses parents vivaient dans une région fort éloignée, mais il n'en restait pas moins qu'Hanai était le seul prisonnier à être si rarement convoqué au parloir.

J'avais rencontré plusieurs fois sa mère autrefois, mais ne lui avais jamais adressé la parole. Les occasions se limitaient aux cérémonies officielles de l'école, et je me bornais à la saluer d'une inclinaison de tête quand je la croisais. Lorsque les parents d'élèves venaient à l'école, elle me paraissait toujours bien plus raffinée que les autres. La courbure élégante de ses lèvres, qui exprimaient un bonheur parfait, ses grands yeux noirs et brillants, pleins de douceur, suscitaient ma jalousie : si seulement j'avais une mère comme celle-là, me disais-je. Assis dans un coin de la classe dans une attitude respectueuse, mains jointes devant moi, je passais tout mon temps à comparer la mère d'Hanai et la mienne, dont je rougissais en secret. Après la mort de mon père, elle s'était mise à travailler dans une usine de conserves de calamars pour soutenir la famille, et quand je la voyais arriver à l'école pour les occasions officielles, je la trouvais vraiment pitoyable, avec son visage hâlé recouvert d'une épaisse couche de maquillage. Contrairement à moi, mon ennemi juré se retournait pour adresser de petits sourires de connivence à une femme raffinée dont il avait toutes les raisons d'être fier.

Le jour de la visite de la mère d'Hanai à la prison, je fus dès le matin en proie à une agitation inhabituelle ; l'attente et le trouble ne me laissaient pas de répit. Après avoir avalé mon déjeuner en hâte, j'allai rôder dans le couloir devant les cellules, simplement pour guetter l'arrivée de la visiteuse. Enfin, je vis une dame d'un certain âge franchir le portail, dans la lumière crue du début d'après-midi. Le visage en pleine clarté, elle s'avança vers le hall d'entrée où je me tenais debout, avec cette allure intimidée particulière aux visiteurs de prison. Je la reconnus aussitôt, bien que l'éblouissante créature dont j'avais gardé le souvenir eût changé à en être méconnaissable. Je la détaillai du regard : ses traits s'étaient complètement affaissés, sa chevelure en désordre était grise, sa peau fripée. Elle paraissait vieille et très affaiblie. Pourtant, elle devait avoir à peine soixante ans.

Elle remarqua enfin ma présence dans le couloir sombre, et inclina la tête :

« Veuillez m'excuser, je suis venue rendre visite au détenu Osamu Hanai. Où se trouve le bureau d'accueil, je vous prie ? »

Elle ne pouvait naturellement se douter qu'elle s'adressait à un ancien camarade d'école de son fils. Tout en examinant les marques cruelles du temps sur son visage, je lui montrai du doigt la direction de la réception du parloir, et indiquai, sur un ton aimable et prévenant que je n'avais jamais employé envers ma propre mère :

« Au bout du couloir, madame. »

J'esquissai un geste involontaire vers son dos pour la soutenir, puis, surpris par ma propre réaction, retirai vivement ma main.

N'assistant pas à l'entrevue, je dus attendre pour savoir comment elle s'était déroulée. Une fois les vingt minutes réglementaires écoulées, la vieille dame repartit, et Hanai se rendit au cours de théorie maritime, le visage fermé comme à l'accoutumée, si bien que j'en retirai une curieuse impression. En général, les détenus se montraient émus, voire totalement déstabilisés après un entretien avec un membre de leur famille. Logiquement, cela aurait dû être d'autant plus manifeste chez Hanai, sans nouvelles de ses parents depuis longtemps.

Après le dîner, j'attendis l'heure de la pause pour aller trouver le préposé au parloir, dont le rôle consistait à assister aux entrevues et à noter en détail sur un registre les propos échangés. Si un gardien estimait que l'état psychologique du détenu nécessitait une surveillance accrue, il avait droit de regard sur le rapport.

Mon collègue ne fit aucune difficulté à me raconter tout ce qui m'intéressait. À peine assis en face de sa mère, Hanai s'était mis, contrairement au caractère taciturne que nous lui connaissions, à parler de façon volubile, lui reprochant d'être venue le voir alors qu'il lui avait demandé de s'en abstenir. Son ton était monté rapidement, il serrait les poings, dans un état d'excitation rare chez lui.

« Tant que je vivrai, je continuerai à te rendre visite », avait répondu la vieille femme d'un air buté.

Hanai avait haussé de nouveau la voix et répliqué avec violence :

« Je t'avais pourtant dit de me considérer comme mort ! »

Son attitude était si autoritaire et agressive que le préposé au parloir avait dû le rappeler à l'ordre et s'était mis à le surveiller de près, craignant qu'il ne s'énerve encore davantage. À la suite de cet avertissement, cependant, Hanai avait retrouvé son sang-froid habituel. Le gardien n'avait pas bien compris ce qui avait pu le lui faire perdre à ce point.

Une fois la crise passée, Hanai était resté assis face à sa mère tel un mannequin de cire, les deux mains posées sur les genoux, silencieux, le regard obstinément baissé. Même quand elle s'était mise à lui raconter, avec des sanglots dans la voix, que son père, malade depuis plusieurs mois, venait d'être hospitalisé, Hanai s'était contenté d'enregistrer l'information avec un léger hochement de tête.

Un passage de l'entretien consigné dans le registre du parloir retint particulièrement mon attention : lorsque sa mère l'avait questionné sur sa vie à la prison, Hanai avait soudain marqué un profond intérêt, qu'il n'avait manifesté à aucun autre moment :

« ... Vivre au sein d'une telle discipline, c'est l'idéal pour moi, avait-il dit. Tu peux chercher dans tout le Japon, je suis sûr que tu ne trouveras pas un endroit où l'on soit aussi parfaitement contrôlé qu'ici. On se lève tous les jours à la même heure, on mange à heures fixes, on travaille dur, l'extinction des feux est ponctuelle à la minute près. L'établissement est un peu vétuste mais les gardiens sont plutôt aimables, ils nous traitent poliment... À la prison de Tokyo, je vivais toutes sortes de frustrations mais, ici, je n'ai jamais eu ce sentiment. Dis, maman, comprends-tu la liberté que cela peut procurer de vivre complètement en dehors de la société ordinaire ? »

À ce moment-là, d'après mon collègue, Osamu Hanai avait retrouvé son entière maîtrise de soi et parlait d'un ton serein, comme s'il s'adressait à lui-même. Il s'était mis ensuite à réciter à voix basse les cinq préceptes de conduite que les détenus devaient entonner chaque matin avant la classe d'entraînement naval :

« "Obéir, le cœur plein de sincérité. Demander pardon, le cœur plein de repentir. Exprimer sa reconnaissance, le cœur plein d'humilité. Rendre service, le cœur plein de bonne volonté. Remercier, le cœur plein de gratitude..." Je récite cela tous les matins avec les autres, comme une prière au Bouddha, une étrange formule magique qui a le don d'apaiser mon esprit chaque fois que je la récite. Je la connais par cœur maintenant, et dans le silence de ma cellule, il me semble l'entendre résonner partout. »

Ce fut le seul moment au cours des vingt minutes de l'entretien où Hanai parla de lui-même. Cependant, il devait avoir conscience de la présence du gardien qui notait la moindre de ses paroles, car je reconnus les ruses de l'écolier d'autrefois dans sa façon de flatter les autorités en affectant une humilité exagérée. Le préposé au parloir avait lui aussi noté cette nuance dans son rapport : il avait senti un je-ne-sais-quoi de forcé dans la tentative de justification du carcan pénitentiaire à laquelle s'était livré le détenu. En suivant le texte du rapport, on avait effectivement l'impression d'un brusque changement d'attitude, comme si Hanai tentait de dissiper sa propre angoisse en faisant l'apologie de la discipline carcérale. Mon collègue m'affirma que c'était la première fois qu'il entendait un prisonnier se targuer de réciter les « cinq préceptes » dans la joie. Il n'avait d'ailleurs pu s'empêcher d'exprimer son étonnement, et avait murmuré au moment où Hanai quittait le parloir : « Quel blagueur, celui-là ! »

Finalement cette visite n'eut pas le moindre impact sur le comportement quotidien d'Hanai. On eût dit qu'aussitôt ressorti du parloir, il avait complètement oublié l'existence de sa mère.

8

Mi-août, le *Jeune homme des mers du Nord* effectua sa première longue sortie en mer. Cet entraînement en conditions réelles devait durer deux jours et une nuit et mener l'équipage novice jusqu'au port d'Aomori. Pour ma part, cela faisait deux ans que je n'avais pas franchi le détroit. J'entrepris donc de dissimuler sous un masque d'une sévérité accrue l'angoisse mêlée d'excitation dans laquelle me plongeait la perspective de cette traversée.

C'était une tout autre affaire que de s'entraîner dans la baie d'Hakodate : il s'agissait cette fois de s'aventurer dans le détroit, où marées et courants étaient par endroits si violents qu'ils donnaient l'impression de véritables fleuves se frayant un chemin dans la mer. Guider notre petite embarcation entre les crêtes d'écume blanche qui se dressaient alors en travers de la route ne serait pas aisé. C'était un jeu d'enfant pour un bâtiment de la taille d'un ferry, mais un simple neuf tonnes comme le *Jeune homme des mers du Nord* ferait vite figure de fétu de paille dans ces rapides.

Le bateau avait à peine quitté la baie que le maître d'équipage lançait en guise de manifeste :

« Écoutez-moi bien, le premier d'entre vous qui flanche met en danger la vie de tout l'équipage, est-ce clair ? »

Les instructeurs sous les ordres du capitaine gardaient toujours présent à l'esprit que, lors des entraînements en conditions réelles, l'équipage devait rester fortement solidaire, non en tant que détenus mais en tant que marins. Les stagiaires accordaient à leurs instructeurs une confiance étonnante, renforcée encore par la pensée omniprésente de leur future réinsertion. Plus le bateau essuyait de tempêtes, plus la conscience que leurs vies dépendaient du capitaine s'enracinait chez eux, les rendant d'autant plus dociles. Ces hommes condamnés pour coups et blessures, extorsion et chantages divers, prenaient tout à coup des allures d'honnêtes garçons ordinaires.

Le *Jeune homme des mers du Nord* prit la mer le matin à neuf heures, et mit sept heures à traverser le détroit : l'arrivée à Aomori eut lieu à quatre heures de l'après-midi. La traversée n'était pas une mince affaire : le ferry de la ligne mettait trois heures cinquante pour effectuer le même trajet. Les gardiens devaient eux aussi mobiliser toutes leurs énergies : il s'agissait de surveiller étroitement les prisonniers, pour éviter que des idées saugrenues ne germent dans leur esprit en cours de route, et pour permettre à l'ensemble d'entre eux de s'entraîner en toute sécurité. Le long du trajet, nous rencontrâmes des lames d'une hauteur que je n'avais jamais vue jusqu'alors, à se demander si le capitaine ne choisissait pas de traverser exprès les courants les plus forts. Le tangage, d'une violence incomparable avec celui qui agitait le bateau dans la baie d'Hakodate, dépassait aussi largement tout ce dont j'avais l'expérience. Le ferry commençait à tanguer avec des mouvements amples sitôt sorti de la baie mais, à bord du *Jeune homme des mers du Nord*, il ne s'agissait pas d'un simple balancement : parfois, le bateau passait au milieu de vagues en furie qui l'envoyaient cul par-dessus tête comme sur des montagnes russes.

Les détenus avaient abandonné leurs uniformes gris le temps de la traversée : ils arboraient avec une fierté de novices des uniformes de marin réservés à l'entraînement en conditions réelles. Osamu Hanai, son torse mince sanglé dans sa vareuse, s'activait lui aussi à sa tâche. S'était-il habitué à la vie en mer ? Il avait en tout cas une allure bien plus énergique et virile qu'à son entrée dans la section d'entraînement maritime. Occupé à surveiller l'ensemble de l'équipage, je le vis passer plusieurs fois à côté de moi, pieds nus, une grosse corde dans les bras, courant d'un bout à l'autre du bateau.

Une fois au large, la voix du capitaine se fit plus agressive. Les détenus, visages crispés, s'activaient au son des ordres qu'il leur hurlait ; debout sur le pont, immobile, je suivais leurs mouvements des yeux : des visions d'uniformes blancs pareils à des sillages d'écume se succédaient devant ma rétine. La pensée de ce microcosme réglé par une ferme discipline, évoluant à l'insu du monde ordinaire dans le détroit de Tsugaru, me plongeait dans une sorte d'ivresse.

« Objet non identifié droit devant ! » lança soudain la voix vibrante d'excitation du jeune détenu qui faisait le guet sur le pont bâbord.

Une énorme vague, bouchant la ligne d'horizon, si haute qu'au premier regard on eût dit un raz de marée, se dirigeait vers le bateau en ondulant : des dauphins. Non pas quelques animaux isolés, mais des dizaines, des centaines de dauphins. Vu du pont de ce bateau — il était bien plus bas que le ferry, et l'on avait la mer au ras des yeux —, leur ballet formait un spectacle saisissant. Le maître d'équipage annonça aussitôt dans son micro :

« Des dauphins sont venus nous souhaiter la bienvenue ! »

Nous nous mîmes tous à observer, penchés par-dessus bord, l'énorme banc qui, après avoir foncé vers nous, passa sous la coque, entoura le bateau à une vitesse incroyable, puis se mit finalement à le suivre.

Bien entendu, ces animaux n'avaient aucune intention de nous souhaiter une quelconque bienvenue, ils avaient simplement été attirés par les vibrations des hélices. Cependant, le spectacle de leur nage énergique et des bonds magnifiques qu'ils effectuaient de temps à autre à la surface de la mer, égaya et encouragea singulièrement les esprits des prisonniers, entièrement consacrés à préparer leur réinsertion.

Des éclats de lumière rejaillissaient sur les visages béats penchés sur l'eau. Le soleil de plein été éclaboussait le pont de blancheur, étincelait sur les dos des dauphins, faisant luire leurs troublantes peaux lisses. On eût dit d'énormes perles noires flottant sur la mer. Plusieurs de ces aimables cétacés escortèrent un moment le *Jeune homme des mers du Nord* en nageant devant. Les sourires s'attardèrent longtemps sur les visages des détenus, encouragés par la présence de ces vaillants gardes du corps.

Le bateau arriva sans incident au port d'Aomori, mais les stagiaires ne furent pas autorisés à descendre : le moindre pas à terre leur était interdit. Ils devaient attendre le lendemain matin à bord du bateau, amarré à l'embarcadère.

Le dîner — épaule contre épaule, autour de l'étroite table du réfectoire — fut suivi d'une courte réunion concernant la répartition des tâches pour la traversée de retour, après quoi les détenus allèrent dormir à fond de cale, dans une pièce exiguë d'à peine dix nattes de superficie. Les instructeurs disposaient d'une cabine aménagée à leur intention à l'arrière du pont, tandis que le gardien-chef couchait à l'étage intermédiaire, à côté du réfectoire. Quant à moi, assistant du gardien-chef, on m'avait réservé un minuscule réduit aux murs de contreplaqué, aménagé contre l'escalier de la cale, où tenait tout juste un matelas, et qui jouxtait le dortoir des prisonniers. Malgré la clé qui en fermait l'accès, je ne pus empêcher une certaine inquiétude de me gagner à l'idée de passer la nuit à côté des dix apprentis marins.

Sur le moment, quand le capitaine m'avait annoncé que je devrais dormir dans la cale, je m'étais senti légèrement déconcerté et avais éprouvé un vague désagrément, sans plus. Mais, après l'extinction des feux, lorsque je me retrouvai plongé dans une obscurité totale, dans ce réduit sans véritable fenêtre situé en dessous de la surface de la mer, les respirations, ronflements et odeurs corporelles des détenus tout proches éveillèrent en moi une crainte qui ne fit que croître au fur et à mesure que la nuit avançait. J'avais l'impression d'être moi-même un prisonnier aux arrêts. Si quelques compagnons de cellule s'étaient mis d'accord avant la traversée pour se mutiner, ils pouvaient tout à fait détourner le bateau et se débarrasser des gardiens et des instructeurs. Un meneur suffisamment intelligent, de la trempe d'Hanai par exemple, n'aurait sans doute aucun mal à convaincre ses compagnons de tenter une évasion.

Plus qu'une simple inquiétude, une véritable terreur m'étreignait maintenant. La gorge sèche, je me sentais à mille lieues de l'autorité qu'est censé représenter un gardien de prison. Mon supérieur dormait juste au-dessus de moi, mais ni lui ni moi n'étions armés, les techniciens non plus : il n'y avait pas d'armes sur le bateau, c'était la règle. Nous ne pouvions compter que sur des menottes pour protéger nos vies : c'était bien léger. Je me doutais qu'il me serait impossible de fermer l'œil dans une situation aussi tendue — seul sans armes à côté de dix individus dangereux. Les nerfs toujours en éveil, je finis cependant par sombrer dans une sorte d'assoupissement superficiel.

Au milieu de la nuit, je fus réveillé par la sensation d'une présence : une paire d'yeux, dont le blanc luisait dans la pénombre, scrutait l'intérieur de mon réduit, à travers le carreau de la minuscule lucarne donnant sur le dortoir des prisonniers : je reconnus aussitôt Osamu Hanai. Une mince planche de contreplaqué nous séparait, mais de quelle efficacité serait-elle pour me protéger ? Ma torpeur acheva de se dissiper à l'idée des neuf détenus animés de mauvaises intentions qui se tenaient probablement alignés derrière leur chef. Retenant le cri involontaire qui me montait aux lèvres, je levai les yeux vers Hanai, toujours immobile derrière le hublot. Au bout de quelques instants, je l'entendis murmurer :

« Monsieur, je demande l'autorisation d'aller aux toilettes. »

J'étais dans un tel état d'affolement qu'il me fallut un moment pour reprendre mes esprits. Je déglutis, puis allai chercher ma voix au plus profond de mes entrailles pour répondre d'un ton qui se voulait martial :

« Accordé ! »

Ma tension ne commença à se relâcher que lorsque l'ombre d'Hanai disparut en haut de l'escalier.

Je ne pouvais songer à me rendormir avant son retour. J'attendis donc, l'imaginant en train de circuler seul, au cœur de la nuit, dans les ténèbres du bateau. Fermement appuyé contre la coque, je percevais au fond de mes oreilles le mouvement des vagues qui venaient régulièrement frapper les berges du port d'Aomori. Trempé de sueur, je me laissais bercer par le doux clapotis, attendant que ma nervosité s'apaise enfin. J'avais du mal à respirer dans cette cale étouffante, emplie d'âcres effluves. Un ancien capitaine d'équipe de rugby tel que moi aurait dû être habitué à l'odeur de la sueur masculine, mais ces relents ressemblaient trop à ceux qui imprégnaient les cages des fauves lorsque j'allais, enfant, me promener au zoo.

Je me redressai pour observer par la lucarne les prisonniers endormis. En les voyant ainsi étendus pêle-mêle, un froid glacial me pénétra, comme si j'avais jeté un coup d'œil à l'intérieur d'une chapelle ardente où reposaient provisoirement les victimes d'un accident d'avion.

Des cadavres étendus sur de minces matelas disposés çà et là en désordre, des cadavres en attente au fond d'une cale, des cadavres dont la chair blanchâtre luisait faiblement dans les ténèbres : j'étais le gardien d'une morgue. C'est seulement en les imaginant tous privés de vie que je parvins à me libérer de la peur et à retrouver mon calme. Les morts ne se révoltaient pas, ne tentaient pas de s'évader. Ils pourrissaient, c'est tout. Ces corps étendus allaient perdre peu à peu leur forme, sans bruit, leurs cellules allaient se dissoudre, disparaître, et retourner finalement à l'élément marin.

Je ne pouvais détacher mes yeux de ces dépouilles derrière la vitre. Quels souvenirs conservaient les morts ? La mémoire pourrissait-elle aussi ? Les fragments de souvenirs emprisonnés dans ces corps sans vie étaient la seule preuve de leur passage en ce monde. De la poitrine de ces morts vivants allongés en désordre sur le plancher, je vis s'élever des sphères à l'éclat blanchâtre, au centre desquelles flottaient les débris des feuilles vertes et des ciels d'azur qu'ils avaient contemplés autrefois.

Le temps passait, Hanai ne redescendait toujours pas. Je me demandai tout à coup, inquiet, s'il ne s'était pas évadé. Une image traversa mon esprit : je le revis, debout seul sur le terrain de sport de la prison, contemplant d'un air grave le sommet de la haute enceinte. Une fois en haut des escaliers, il avait très bien pu étrangler le gardien-chef dans son sommeil, faire un détour pour éviter l'arrière du bateau où dormaient les instructeurs, descendre à terre et s'enfuir vers la liberté à la faveur de la nuit.

J'actionnai la clé dans la serrure, entrouvris ma porte, l'oreille aux aguets. Des gouttes de sueur dégoulinaient de mon front sur ma poitrine. Je les essuyai d'un revers de main, fis quelques pas en direction de l'escalier, uniquement vêtu de mon maillot de corps. Je tendis à nouveau l'oreille : des ronflements sonores s'élevaient par intermittence.

En haut, je ne trouvai pas trace d'Hanai ; il était monté depuis dix minutes. Je gravis quelques marches grinçantes, pénétrai dans la salle à manger. Le gardien-chef dormait, dans son petit réduit en contreplaqué à côté de l'escalier. Il avait négligé de fermer la porte, et mon intrusion ne le tira pas de son sommeil. Son corps avachi évoquait le cadavre d'un homme étranglé ; les faibles lumières du port pénétrant par le hublot de la cabine faisaient seulement ressortir les poils brunâtres de ses mollets, tandis que son visage restait plongé dans l'obscurité.

Je jetai un coup d'œil du côté des toilettes, juste à côté du réfectoire. Il y avait bien de la lumière à la lucarne, mais pas un son ne provenait de l'intérieur. Je m'approchai de la porte à pas de loup, toquai prudemment. Le petit bruit sec résonna dans le silence, sans qu'aucune réponse ne vînt y faire écho. Il me semblait que ces toilettes, dont seule une porte mince me séparait, étaient reliées à un autre monde : il suffisait d'une poussée pour accéder à une issue secrète, un souterrain qui débouchait quelque part en ville, dans une des rues qui s'étendaient à l'arrière des quais.

Au bout de quelques secondes, cependant, un petit « oui ? » prononcé à voix basse par la voix rauque d'Hanai vint faire voler tous mes fantasmes en éclats.

« Tu en mets un temps, qu'est-ce qui se passe ? »

Au son de ma voix, le gardien-chef, que je croyais mort, se retourna en grommelant dans les ténèbres du fond, puis vint s'accroupir dans l'obscurité de la salle à manger, vêtu lui aussi d'un simple maillot de corps. Il s'assit en tailleur, et lança en bâillant, d'une voix ensommeillée :

« Il doit avoir l'estomac dérangé, non ? »

Un bruit de chasse d'eau se fit entendre, et Hanai ressortit des toilettes, la mine innocente.

Les rayons de lune qui pénétraient par le hublot se reflétaient au fond de ses yeux. Je me rendis compte soudain que j'étais à demi nu, et ne portais ni mon képi ni mon uniforme. Face à Hanai dans mon maillot de corps fripé, je n'avais plus rien d'un représentant de l'autorité, j'étais au contraire semblable en tout point à l'écolier timoré d'autrefois. Sans ma tenue officielle, je n'étais plus qu'un homme au psychisme bien plus fragile que celui de ce prisonnier ou de n'importe lequel de ses camarades. Parfois, au cours des formalités d'entrée d'un nouveau détenu, ou pendant la classe d'entraînement maritime, il m'arrivait d'être envahi par un brusque découragement à l'idée que ces condamnés avaient vécu dans un monde bien plus vaste que le mien. Des actes très divers les avaient conduits à la prison : tentative de meurtre de parrains du syndicat du crime, importation en contrebande d'énormes quantités de cannabis, organisation de hold-up... Ces révoltés n'avaient pas hésité, pour échapper à l'ennui du quotidien, à fouler aux pieds les règles de la société. Cependant, pareil courage supposait le déchaînement d'une violence que je m'interdisais parce que je m'étais toujours plié aux règles de la morale en cours. Loin de moi l'idée de porter aux nues des assassins et des maîtres chanteurs. Toutefois, quand il m'arrivait de prendre connaissance — de la bouche même de l'intéressé, ou à travers la lecture de son dossier — du parcours entaché de folie de ces explorateurs de royaumes qui me resteraient à jamais fermés, moi qui n'appréhendais le monde que selon les valeurs les plus ordinaires, je leur enviais cette partie de leur existence qui flattait les plus bas instincts de la communauté humaine. Plus je prenais conscience que cette idée stupide et erronée n'était due qu'à ma propre faiblesse, plus le sentiment de mon insignifiance s'accroissait, et plus l'autorité que me conféraient les menottes, l'uniforme et le képi me devenait indispensable pour justifier mon existence.

« Tu ne t'étais tout de même pas endormi là-dedans ? »

J'avais durci le ton, mais ne parvins qu'à me donner un air bravache qui ne pouvait impressionner personne.

« J'ai mal au ventre, murmura Hanai en se frottant l'estomac.

— Tu es trop glouton, voilà tout », dit le gardien-chef en sortant de la boîte à pharmacie un médicament contre la diarrhée, qu'il lui lança.

Hanai avala sa pilule, remercia en inclinant la tête et commença à descendre l'escalier. Il s'arrêta au bout de trois marches comme s'il venait de se rappeler quelque chose et se retourna lentement :

« J'ai habité Hakodate quand j'étais petit... »

Cette confidence sur son passé, faite d'une voix sans force, me causa un choc violent. Son regard était dirigé vers le gardien-chef et non vers moi, et je ne pus m'empêcher de penser que c'était intentionnel.

« Ça m'a rassuré de voir que la ville n'avait pas beaucoup changé. Dans tout le Japon, les choses ont évolué si vite, je suis soulagé de voir qu'Hakodate est resté comme autrefois. J'espère que ça ne changera jamais. »

Hanai paraissait hésiter à poursuivre, comme s'il pesait ses mots. Allait-il me demander si on ne s'était pas déjà vus quelque part ? Mais il abandonna la partie.

« Allez, c'est bon, retourne te coucher », s'impatienta le gardien-chef.

Hanai inclina profondément la tête et s'éloigna d'un pas que je trouvai trop alerte pour un homme tourmenté par la colique. Sa position, tandis qu'il s'éloignait dans les ténèbres, le dos bien droit, en disait étonnamment long à mes yeux.

Le lendemain, au cours du voyage de retour vers Hakodate, une bagarre éclata entre deux détenus lors de la pause de midi. Le gardien-chef et moi avions relâché notre surveillance un instant et discutions sur le pont, quand des éclats de voix nous parvinrent du réfectoire, situé juste sous la passerelle. Nous dévalâmes aussitôt les escaliers : deux grands gaillards étaient en train de s'empoigner.

« Hé, vous deux, qu'est-ce que vous faites ? »

En m'entendant crier, les autres détenus, qui contemplaient la scène, se dispersèrent dans les coins de la pièce. Les deux hommes qui se tenaient réciproquement au collet restèrent plantés au centre de la salle à manger, ne sachant que faire de leurs forces soudain inemployées. La peau rougie de l'un apparaissait au travers de sa veste déchirée, du sang coulait d'un coin des lèvres de l'autre.

« Pas de cachotteries, les gars ! Expliquez-nous franchement ce qui s'est passé », lança le gardien-chef, lèvres pincées, à l'ensemble des détenus, en présence du capitaine, aussitôt accouru.

Un rapide échange de regards eut lieu. Une tension silencieuse s'abattit sur la pièce, la bagarre sembla à nouveau à deux doigts d'exploser. Chacun semblait peser ce que le voisin allait dire : lequel accuserait l'autre le premier ? Je passai au milieu des détenus, les exhortant un par un à parler, puis je séparai de force les bras encore entrelacés des deux combattants et me campai devant eux. Ils avaient maintenant l'air effarés par l'infraction au règlement qu'ils venaient de commettre, on eût dit deux dormeurs réveillés en sursaut après un cauchemar.

« Racontez ce qui s'est passé ! » intimai-je en les fixant tour à tour d'un œil sévère.

C'est à ce moment-là que je remarquai Osamu Hanai, debout derrière eux, arborant la mine indifférente d'un observateur neutre qui ne veut prendre le parti de personne.

« C'est lui qui m'a provoqué, lança l'un des deux hommes incriminés en désignant son adversaire du menton.

— C'est parce qu'il avait pris ma place », balbutia l'autre en réponse.

J'insistai pour connaître les raisons précises de la bagarre, convaincu que c'était là le seul moyen de calmer les choses. Je m'étais attendu dès le départ à une ou deux empoignades : cela me paraissait un phénomène inévitable en dépit de tous les règlements, aussi normal que lorsqu'on enferme plusieurs tigres dans la même cage. Dans ce genre de lieu confiné, plus le prétexte à la dispute est insignifiant, plus elle s'enflamme et dégénère vite.

En comparant les déclarations des deux adversaires, je compris que leurs places de la nuit précédente dans la cale étaient à l'origine du conflit. Le gardien-chef et moi avions attribué une place à chacun à l'avance, sachant que les détenus jouaient leur orgueil dans cette question cruciale pour eux. Qui allait dormir du côté de l'escalier, du côté du mur, du côté des machines ? Même dans un espace de dix nattes à peine, la répartition des places devenait vite prétexte à des rapports de hiérarchie et de rivalité.

« Vous voulez vous barrer la voie de la réinsertion pour des broutilles pareilles ? » lança le maître d'équipage pour tenter d'intimider l'assemblée, mais il ne put s'empêcher de laisser la sympathie percer dans sa voix.

Le but de ses paroles parut cependant atteint : les détenus prirent peur.

« C'est parce qu'il me ridiculisait en douce !

— Ce n'est pas vrai !

— Pourtant, il paraît que tu as raconté à tout le monde que la place en dessous des toilettes me convenait parfaitement. »

Mon regard se posa spontanément sur le visage d'Hanai, qu'éclairait une étrange gaieté : debout derrière les deux jeunes détenus qui se chamaillaient comme chien et chat, il suivait avec intérêt l'évolution de la querelle.

« Est-ce que quelqu'un t'a poussé à te battre? demandai-je au détenu qui s'était senti insulté. Quelqu'un a-t-il provoqué cette dispute? »

Une légère expression de malaise apparut sur le visage d'Hanai, brusquement assombri. Son regard gêné se dirigea vers un coin de la pièce.

« Non, personne en particulier, mais... »

De toute évidence, le jeune homme voulait éviter d'accuser Hanai. J'insistai, auprès de son adversaire cette fois :

« Et toi? Personne ne t'a poussé à te bagarrer? »

Je n'étais cependant pas pressé d'isoler le fauteur de troubles. Si j'usais pleinement de mon autorité, nul doute que les détenus le désigneraient rapidement comme principal coupable. Mais cela ne me semblait pas le meilleur moyen de s'y prendre pour arracher la mauvaise graine qu'il avait semée.

« Si ce genre de problème se reproduit, ce ne sera pas une personne qui sera tenue pour responsable, mais le cours d'entraînement maritime tout entier qui sera suspendu. J'espère que c'est bien clair. Maintenant, si vous avez compris, dépêchez-vous de finir de déjeuner et de reprendre vos postes. »

Les détenus retournèrent à table. Je regardai Hanai enfourner son riz à grosses bouchées, me réjouissant en aparté d'avoir percé à jour les intrigues que dissimulait son front paisible.

Les deux détenus qui s'étaient bagarrés furent consignés temporairement à fond de cale, où ils purent cracher verbalement la rage qui les habitait, sous la surveillance du gardien-chef et de moi-même, chargés d'orchestrer leur réconciliation.

Cet incident nous avait fait perdre un temps précieux, et le soleil était déjà couché quand le bateau parvint en vue du port d'Hakodate. Cela faisait des années que je n'avais contemplé le spectacle grandiose de l'arrivée de nuit. La masse sombre du mont Hakodate, plongé dans une épaisse obscurité, se détachait sur le ciel nocturne où s'attardaient de vagues lueurs. Les lumières de la ville, que l'on voyait clignoter à gauche de la montagne, en paraissaient d'autant plus vives.

Ainsi notre retour fut-il accueilli par un magnifique contraste de ténèbres et de lumière, en tout point pareil à celui que j'avais admiré tant de fois depuis le pont-promenade du ferry.

9

Je tournai au coin de la rue en sortant du bar, et m'arrêtai sous le premier saule pour attendre Shizu. J'essayai en vain d'allumer une cigarette : le vent éteignait tout de suite la flamme de mon briquet. Une sirène d'ambulance résonna au loin, ne soulevant qu'une indifférence générale. Je suivis des yeux un chat décharné à l'air misérable — du moins m'apparut-il ainsi, mais comment un humain eût-il pu juger ce qu'il en était réellement d'une vie de félin ? En regardant l'animal traverser la ruelle déserte, je réalisai soudain à quel point je voulais fuir cette ville. Une impatience m'avait saisi : il fallait que je me libère au plus vite de tous les liens qui me retenaient ici.

Après à peine six mois de stage à Sapporo, je m'étais à nouveau retrouvé confiné à Hakodate, et n'en étais pas reparti depuis. Jusqu'alors je n'avais jamais été sensible au caractère étriqué de cette ville construite sur une étroite langue de sable, délimitée par la mer, mais voilà que j'en étais venu à trouver ce cadre oppressant. Je savais bien que j'aurais beau me cacher n'importe où, je finirais toujours par renouer des liens datant de mon enfance qui viendraient raviver les vieilles blessures enfouies, ce n'était pas une découverte pour moi. Et puis, ainsi que me l'avait fait remarquer l'ancien détenu reconverti dans un commerce louche, mon univers se limitait désormais, pour la vie, à l'enceinte de la maison d'arrêt d'Hakodate.

Au sud, dans le Kyûshû ou le Shikoku, il n'y avait sans doute personne de ma connaissance. Pourquoi ne pas essayer de vivre dans un endroit où je n'avais aucune relation, loin de ma mère, de ma femme et de mon enfant ? Peut-être alors parviendrais-je enfin à apaiser la brûlure de cette irritation qui me fouaillait les chairs sans le moindre répit ? Je m'interrogeais ainsi, les yeux fixés sur la ruelle, tel un adolescent en pleine crise de révolte. En même temps, le ridicule des idées qui me traversaient l'esprit me sidérait moi-même. En fin de compte, aucune issue ne me permettrait jamais d'échapper à moi-même, je le savais. Si la moindre possibilité avait existé, j'aurais déjà fui cette ville depuis longtemps.

Disparaître sans laisser de traces relevait purement du domaine du rêve, mais ne pouvais-je au moins me dépouiller en secret de mon ancien moi pour me réfugier dans une autre dimension ? Sans songer pour autant y trouver le confort d'une double vie, je pouvais au moins espérer prendre un peu de distance avec l'existence qui avait été mienne jusqu'alors, et m'inventer des choix différents. Non pas fuir, mais édifier en parallèle aux étroites limites de cette ville ensablée un monde différent, à moi seul destiné, dans lequel je pourrais me réfugier. Un monde où la ligne maritime Aomori-Hakodate n'aurait pas été supprimée, un monde où j'aurais continué à travailler sur le ferry. Indépendamment d'une réalité où mon quotidien n'était fait que d'une répétition de trahisons et de destructions, je bâtirais un monde à l'apparence immuable, où le temps se serait arrêté. Je partagerais adroitement ma vie entre ces deux états de conscience, ferais la navette entre ces deux dimensions. Si je pouvais réellement y parvenir, n'est-ce pas là que je trouverais le salut ?

La silhouette de Shizu apparut alors dans les ténèbres de mon champ de vision, me ramenant à la réalité. Elle se dirigeait vers moi, grandissait d'instant en instant. Je restai encore un moment dissimulé dans l'obscurité, concentrant mon regard et mon attention pour m'assurer que personne ne l'avait suivie — par exemple l'ancien détenu chargé de racoler les clients pour le bar où elle travaillait. Au moment précis où elle allait me dépasser sans me voir, j'étendis un bras et l'attirai à moi. Elle manqua crier de surprise, mais je la bâillonnai légèrement de la main, et nous nous enfonçâmes ensemble dans la ruelle obscure.

Une fois que nous fûmes parvenus devant une auberge située dans une rue écartée des faubourgs, je lui confiai le soin de réserver la chambre pendant que j'attendais dans une encoignure pour ne pas me faire remarquer. Puis je me glissai à sa suite dans la pièce plongée dans la pénombre, la pris dans mes bras sans lui laisser le temps d'allumer la lampe, m'emparai de ses lèvres tandis qu'elle se défendait vaguement. Son parfum m'entraînait vers un lieu qui n'appartenait pas à ce monde. Caresser son corps devenait mon unique et dérisoire rébellion contre la ville ensablée. Je l'étreignis cette nuit-là en pleine conscience du risque que représentait pour moi ce manquement à mes devoirs et à la morale.

Je m'étais déjà rendu un certain nombre de fois dans le bar où travaillait Shizu et notre intimité avait rapidement progressé. Nous nous contentions de nous asseoir tout près l'un de l'autre en silence, mais le frisson de plaisir qui me parcourait à l'idée de braver un interdit et de commettre un acte répréhensible me poussait à réitérer l'aventure. Shizu avait dû deviner ma profession, car elle me dit un jour d'un air grave : « Il vaut mieux ne pas venir trop souvent ici. » Cette seule phrase avait suffi à me mettre en confiance.

Ce soir-là, ce fut elle qui me proposa la première de nous retrouver à l'extérieur. J'avais quitté le bar après avoir convenu avec elle du lieu et de l'heure du rendez-vous. J'éprouvais une légère sensation de danger à l'idée qu'il pouvait s'agir d'un piège, mais en même temps j'étais animé d'un désir extrême d'accorder pour une fois ma confiance sans arrière-pensée.

« Vous partez déjà ? » m'avait demandé l'ancien détenu avec un sourire, en me voyant sortir.

J'avais scruté ses traits avant de m'éloigner, pour m'assurer que son air enjoué ne dissimulait pas une quelconque perfidie.

Quand tout fut terminé, Shizu, allongée contre moi, murmura d'une voix douce :

« Je n'ai aucun regret. »

Je lui pris le poignet, le retournai, léchai du bout de la langue la digue étroite qui le traversait. Je sentais le sang couler derrière, tout au fond, sous le tendre renflement. Tandis que ma langue allait et venait sur sa peau tiède, je fus saisi par une brusque impulsion d'aspirer en moi ce qui se cachait sous la douceur de cette chair.

« J'ai tout laissé derrière moi pour recommencer de zéro ici, pourtant, par moments, cette cicatrice me ramène à ce que j'ai fui. Tant que je porterai la marque de cette blessure, personne ne pourra m'aimer.

— Ce n'est pas vrai », dis-je gravement.

Nous échangeâmes un long regard, puis Shizu repoussa légèrement ma poitrine de ses deux mains en murmurant :

« Allons, ça suffit. Même dans les moments de bonheur, poursuivit-elle, cette cicatrice, qui semble m'observer froidement, me ramène de force à la réalité. J'ai fait cela pour me libérer de tout, pourtant je me sens plus prisonnière que jamais. » Elle laissa échapper un léger soupir puis ajouta avec un rire : « C'est tellement bête. Toi au moins, s'il t'arrive quoi que ce soit, tu as des atouts dont tu pourras toujours te servir : une femme et un enfant. Bah, pour moi aussi, c'est plus simple, avec un homme qui a une famille, je suis tranquille. »

Shizu exprimait ses sentiments avec volubilité, crachait presque ses phrases ; moi au contraire, plus je la tenais dans mes bras, plus mon souffle s'apaisait. Je l'écoutais avec gravité, sans rien dire, resserrant seulement mon étreinte autour d'elle.

« Je n'ai pas raison ? » demanda-t-elle d'une petite voix tremblante, comme si elle cherchait à sonder mes intentions réelles.

Une sensation de délassement si agréable m'avait envahi que je fus incapable de répondre.

Le surlendemain, Shizu me téléphona à la maison d'arrêt. Au retour de l'entraînement naval, j'avais ramené les prisonniers dans leurs cellules, puis étais passé au bureau de l'administration pénitentiaire, où l'on m'annonça qu'une femme avait appelé pendant mon absence. J'éprouvai aussitôt l'impression curieuse qu'un corps étranger, logé derrière mes tempes, les faisait battre violemment. Le doute s'empara de moi : pourquoi m'appelait-elle ici ? Simultanément, un pressentiment sinistre se fit jour à l'arrière-plan de mon esprit : Shizu devait servir d'écran à un groupe de yakuzas. Ils l'avaient utilisée comme appât, l'avaient manipulée pour me tendre un piège. Maintenant elle allait me harceler sur mon lieu de travail, et la prochaine fois que je la rencontrerais à l'extérieur, l'ancien détenu qui me l'avait présentée, ou tout autre membre de la pègre locale, entrerait sans doute en scène pour me faire chanter.

« J'ai été trahi », me dis-je en frissonnant convulsivement. Curieusement, au bout d'une heure de promenade dans l'enceinte de la prison, les tremblements qui m'avaient saisi se muèrent en un rire nerveux. « Voilà donc de quoi il s'agissait ! » me répétai-je en secouant la tête à petits coups brefs, tandis que passait et repassait devant mes yeux le visage bien charpenté de Shizu. Elle qui s'accrochait à cette ville avec l'énergie du désespoir, vivait dans un monde si différent du mien ! L'idée que je ne parvenais même pas à la haïr m'arracha un sourire amer.

À dater de ce moment, mon quotidien fut pétri d'angoisse : je m'attendais à chaque instant à croiser sur mon chemin les voyous pour le compte desquels Shizu travaillait.

10

Je commençai à noter une certaine agitation dans l'entourage d'Hanai. Un coin du masque s'était déchiré, laissant entrevoir sa véritable personnalité, et il s'était mis à manipuler les autres détenus dans l'ombre, comme des pions sur un jeu d'échecs, tout en s'arrangeant pour rester en retrait. Il usait des mêmes méthodes que dans son enfance, suivait une ligne identique : d'abord séduire ses camarades par d'habiles discours, ensuite les maintenir sous sa coupe jusqu'à exercer un contrôle total sur eux.

Il commença par choisir dans le groupe d'entraînement naval, en guise de victime expiatoire, un détenu de petite taille au caractère assez veule, incarcéré pour un délit mineur (une infraction à la circulation), puis il s'arrangea pour que ses camarades l'isolent pendant les cours. Comme à son habitude, Hanai ne prenait jamais part directement aux opérations, se contentant d'en surveiller le déroulement. Les détenus sous son influence acculaient le malheureux dans un coin de la salle de cours, et profitaient des pauses pour le brutaliser, à l'abri des regards des gardiens ; ils le reléguaient dans un coin du réfectoire lors des repas, s'arrangeaient pour l'exclure de l'équipe de foot pendant les heures de sport. Ériger ainsi un des détenus en victime eut pour effet immédiat de développer chez les autres le sentiment d'appartenir à une élite, et créa une curieuse hiérarchie, contrôlée par la base. En manipulant à sa guise les tortionnaires, Hanai dirigeait dans l'ombre toute la classe d'entraînement naval, et maintenait sans difficulté les fondements d'un royaume où il régnait en maître.

Là encore, bien entendu, il n'omettait jamais d'exhiber ses qualités d'homme vertueux et plein de compassion. Tout en encourageant en secret les bourreaux, il ne dédaignait pas de tendre parfois une main secourable à la victime, mais seulement après s'être assuré que moi-même ou un autre gardien étaient témoins de la scène.

Je l'entendis un jour proférer une phrase similaire à celle qu'il m'avait lancée autrefois en guise de sermon d'adieu devant la classe réunie : « Il faut que tu te montres plus fort... »

Je le rappelai aussitôt à l'ordre :

« Hanai, les conversations personnelles sont interdites. »

Il se leva alors, les deux bras alignés bien droit le long des hanches :

« Monsieur, je demande l'autorisation de prendre la parole. »

À peine la lui eus-je accordée qu'il entreprit de me démontrer la sincérité de sa remarque hypocrite, usant des mêmes ruses que dans son enfance, lorsqu'il voulait rallier à lui tout son entourage, professeur compris.

« J'ai seulement donné mon avis à ce nouveau stagiaire par sympathie, pour l'encourager à s'adapter rapidement à la vie de groupe. S'il se montre aussi peu dégourdi, il n'est pas seul responsable, c'est aussi dû au manque de bienveillance de ses camarades à son égard. »

Ce ton déclamatoire, haut et clair comme s'il récitait un poème, réveillait en moi des souvenirs pénibles et me faisait grincer des dents en secret.

« Et toi, qu'en penses-tu ? » demandai-je en me tournant vers la victime.

Le jeune souffre-douleur ne se départit pas de son air apathique. Soucieux des regards des autres détenus qui pesaient sur lui, il était aussi de toute évidence très conscient de la présence d'Hanai, qu'il craignait par-dessus tout. Pour moi, cela ne faisait aucun doute : mon double se dressait face à moi. Cet homme était l'écolier d'autrefois, en butte aux brimades d'une bande de garnements qui l'avaient relégué dans un coin de la classe. Dans des circonstances identiques, même l'instituteur m'avait abandonné à mon sort. Cet adulte responsable de nous avait déclaré avec une belle insouciance :

« Saitô, le tort que tu as, c'est de ne faire aucun effort pour que l'on t'apprécie. Hanai a raison : c'est à toi de t'intégrer à la classe. »

Je scrutai les pupilles du jeune détenu, pour tenter de ranimer l'énergie qui stagnait au fond de lui. Je formais intérieurement des vœux ardents, lui criant en silence : « Réveille en toi la volonté de te battre, et je t'aiderai. » Moi, je n'avais pas eu d'allié. Si un seul de ceux qui m'entouraient m'avait alors offert son soutien, peut-être aurais-je pu reprendre suffisamment confiance en moi et découvrir des ressources intérieures insoupçonnées pour me défendre contre Hanai.

Ce dernier m'avait un jour fait condamner à une peine de prison par nos camarades. Un brusque malaise avait obligé notre professeur à interrompre les cours pour rentrer chez lui et nous nous étions retrouvés en étude, livrés à nous-mêmes et censés travailler seuls.

« Les devoirs, quel ennui ! » s'était écrié Hanai, pour proposer ensuite : « Si on organisait plutôt un procès ? »

À cette période, je me trouvais justement en

butte aux persécutions quotidiennes de mes camarades, aussi ne doutai-je pas un seul instant que le rôle de l'accusé, debout sur l'estrade, me serait dévolu. Naturellement, ce simulacre de procès n'était rien d'autre qu'un prétexte pour permettre à la classe entière de s'acharner sur moi. Mes contempteurs commencèrent par s'amuser à dresser la liste de mes prétendus crimes : mon attitude était insolente, mes cheveux trop longs, je menais une vie dissolue, ne finissais pas mon assiette à la cantine, bâclais le ménage de la classe, j'avais une tenue négligée, portais tous les jours les mêmes vêtements, j'étais sale, l'insubordination se lisait dans mon regard. Mes camarades s'acharnèrent ainsi à me critiquer sans pitié ; certains allèrent jusqu'à dire que ma tête ne leur revenait pas, mais il ne s'en trouva pas un pour prendre ma défense. Si un seul d'entre eux s'était levé alors pour intervenir en ma faveur, son courage m'aurait soutenu et donné la force de me battre à mon tour.

En exhortant la classe à détailler ainsi mes crimes, Hanai manœuvrait une fois encore pour renforcer la cohésion autour de sa personne et s'assurer que nul ne le trahirait. Il déclara ensuite que, pour sa part, il souhaitait me voir condamné aux travaux forcés à perpétuité pour avoir gravement nui à la vie de groupe, et demanda un vote à main levée. Finalement tous les bras se dressèrent

— certains non sans hésitation —, scellant dès lors l'adhésion de la communauté à la thèse de ma culpabilité.

« C'est la majorité qui a décidé, on ne peut rien y faire. Tu vois, l'ensemble des suffrages te désigne coupable, ta cause est donc impossible à plaider. Même maintenant que tu es reconnu comme criminel, j'espère que la vaillance va se réveiller en toi. Nous ne te chassons pas d'ici, mais désormais, tu devras te montrer obéissant et faire ce qu'on te dit sans rechigner. Il est interdit de t'opposer à quiconque ici, c'est clair ? Tu devras soigner ta tenue, et être attentif à nous parler poliment et avec égards. Si tu fais tout ton possible pour te mettre au service de la classe, de ta propre initiative, tu auras peut-être droit à un allégement de peine. »

Hanai parlait droit au cœur des élèves, à l'instar d'un professeur. Son discours n'était pas destiné à me délivrer conseils et avertissements, mais bien plutôt à m'utiliser dans une comédie factice dédiée à son autosatisfaction. En outre, cette politique de la terreur ne pouvait qu'inspirer la crainte aux autres élèves présents, si bien qu'une fois ce faux procès terminé, l'atmosphère de la classe s'en trouva comme purifiée. Certains vinrent même me taper sur l'épaule en déclarant :

« Hanai a raison, tu dois faire davantage d'efforts pour te faire accepter. »

Je m'avançai vers le jeune détenu à la carrure frêle qu'Hanai avait choisi comme victime, insistai pour qu'il me livre son opinion. La lâcheté que je voyais trembler au fond de ses yeux noirs m'horripilait, et cet agacement se propagea en moi comme un incendie, jusqu'à faire naître une impulsion soudaine de prendre la place de tous ses tortionnaires pour le rouer moi-même de coups.

« C'est moi qui suis dans mon tort... »

La pitoyable réponse qu'il finit par émettre acheva de me faire sortir de mes gonds. Une irrésistible aversion à l'égard de ce lâche incapable d'affirmer ses droits s'empara de moi. Autour de nous, les détenus affichaient des moues méprisantes, qui semblaient signifier : « Vous voyez bien ! Écoutez-moi ça ! »

Le jeune homme me jeta un regard suppliant, dont le sens était clair : « Je vous en prie, ne retournez pas le couteau dans la plaie. » Dans l'espace clos où se déroulait la vie de ces hommes existait une frontière secrète, protégée par d'épais barbelés, au-delà de laquelle aucun regard, pas même celui des surveillants, ne pouvait pénétrer. Je me tus. Même si cela devait marquer la victoire d'Hanai, feindre d'ignorer certains détails de ce qui se passait à l'intérieur de la prison était un mal nécessaire.

Ce jeune gringalet me paraissait bien plus

pitoyable que l'écolier que j'avais été. La supériorité que cela me donnait sur lui me consolait en quelque sorte du passé. Autrement dit, je m'étais laissé englober dans l'ordre pyramidal instauré par Hanai ; à mon insu, je jouais un rôle dans les cérémonies expiatoires qui lui servaient à asseoir sa suprématie.

Je me surprenais parfois à goûter un bonheur ineffable à voir sa personnalité s'épanouir ainsi, en tout point semblable à celle d'autrefois. J'avais l'impression d'être moi-même un des nervis dont il tirait les ficelles.

Vers le milieu de l'automne, le contrôle systématique qu'Hanai avait peu à peu établi sur la classe d'entraînement naval se trouva fermement assuré. Il avait instauré un ordre nouveau, destiné uniquement à consolider son environnement. Les incidents qu'il avait provoqués entre les détenus au cours de l'été étaient certainement destinés à lancer cette phase de stabilisation. Hanai avait ensuite offert une victime en sacrifice au groupe, ce qui lui permettait de régner en toute sécurité, à l'abri du moindre risque de sédition. En outre, le seul signe de protestation de la victime désignée consista en une tentative de suicide. Jamais le jeune détenu ne se plaignit directement des sévices qu'il subissait. Il finit par atteindre un dangereux point de rupture, à la limite de la folie. Au moment où il était au bord du gouffre, Hanai lui tendit doucement une main secourable, et l'aida à recouvrer sa santé mentale d'une façon qui eût forcé l'admiration si cette bonté complaisante n'avait pas eu pour seul but de ramener le jeune homme à sa fonction de victime. À y regarder de plus près, la situation était très différente de celle que j'avais vécue enfant, car ce malheureux était la plupart du temps consentant aux mauvais traitements. Chose à peine croyable, il paraissait même y trouver du plaisir : Hanai avait apparemment réveillé un masochisme latent en lui. Je ne pouvais m'empêcher d'éprouver une certaine fascination pour son aptitude à utiliser le fonctionnement psychologique de chacun, à l'intérieur du circuit fermé que la classe d'entraînement naval était devenue grâce à lui.

Cependant, la question de la finalité de toutes ces manigances m'obsédait. Pourquoi ? Pourquoi avait-il besoin de maintenir ainsi les détenus de la section d'entraînement maritime sous son contrôle occulte ? Si son but était de régner en maître, avec son intelligence, c'est sur la prison tout entière qu'il aurait pu établir sa suprématie. Or, il se contenta de s'assurer un certain confort, puis redevint le prisonnier modèle et discret qu'il avait été depuis son arrivée.

Dans le cadre de l'entraînement réel, les stagiaires devaient effectuer deux sorties nocturnes de pêche en haute mer. Laissant pendre sa ligne sous des lampes clignotantes, Hanai pêchait des seiches selon une technique assez primitive : il tendait patiemment sa canne au-dessus de l'eau, à en avoir des crampes dans les bras, jusqu'à ce qu'un calamar attiré par la lumière remonte à la surface et vienne mordre à l'hameçon, puis il recommençait l'opération. Il s'appliquait avec un sérieux qui faisait plaisir à voir, répondait aussitôt, d'une voix forte et caverneuse, au moindre appel du capitaine ou du gardien-chef. Son attitude responsable influençait les autres détenus d'une façon si positive que lorsque les sorties en mer parvinrent à leur terme, début décembre, la section d'entraînement maritime était métamorphosée en une micro-société parfaitement disciplinée; les incidents de l'été semblaient désormais appartenir à un passé lointain et révolu.

Une fois l'entraînement en mer achevé, les détenus devaient suivre des cours quotidiens à terre, et passer des examens blancs répétés en prévision des épreuves écrites finales qui se déroulaient en février. Hanai obtint chaque fois d'excellents résultats. Il était toujours le plus proche de la note maximale et coiffait de loin les autres candidats au poteau. Le capitaine, tombé lui aussi sous le charme de ce caractère avenant et studieux, n'hésita pas à déclarer devant le gardien-chef et moi-même qu'il songeait à lui donner personnellement un coup de pouce à sa sortie de prison, pour hâter sa réinsertion.

Mais plus Hanai parvenait à abuser son entourage, plus l'imposture de sa conduite devenait éclatante à mes yeux.

11

La neige semblait ne jamais devoir s'arrêter. Cet épais rideau cotonneux, qui disputait subtilement l'espace à l'obscurité pour boucher toute visibilité, éveillait en moi une sensation indéfinissable, comme si j'avançais à l'intérieur de mes propres souvenirs.

Depuis quelque temps, j'évitais le quartier des plaisirs mais ce soir-là, un de mes collègues enterrait sa vie de garçon et nous avions poursuivi nos beuveries jusque tard dans la nuit, dans un bar face à l'avenue de la gare. Il était une heure du matin passée lorsque nous en étions enfin ressortis et, après avoir dit au revoir dans la rue à mes camarades ivres morts, j'étais parti de mon côté, sous la neige poudreuse qui continuait à s'amonceler.

J'avançais le long de la ruelle obscure qui partait de l'arrière du quartier des plaisirs et menait à la jetée d'Hakodate. Arrivé au carrefour, face au parking, j'aperçus deux ombres, une masculine et une féminine, qui s'agitaient sous la vague lueur d'un réverbère isolé : l'homme s'efforçait d'attirer la femme à lui, celle-ci cherchait à fuir mais, trop faible pour lui résister, ne pouvait que se débattre dans ses bras. C'est du moins l'impression que donnait la scène. Un grand parapluie rouge posé à l'envers à leurs pieds semblait avaler les flocons, telle une bouche grande ouverte ; des empreintes de pas en tous sens dans une neige passablement piétinée me confirmèrent qu'il s'agissait bien d'une lutte et que l'homme essayait d'entraîner sa compagne de force. Sous la lueur orangée du réverbère, les flocons de neige traçaient par instants dans l'obscurité des arabesques fugitives.

J'allais passer sans me mêler de rien quand mon regard croisa celui de l'homme : c'était le chef du service des passagers du *Yoteimaru*. Cette rencontre pour le moins imprévue avec mon ancien supérieur hiérarchique ne manqua pas de me surprendre, mais ma stupéfaction décupla lorsque je me rendis compte que la femme qu'il tentait d'attirer à lui n'était autre que Shizu.

Sans chercher à dissimuler son étonnement, elle ouvrit des yeux grands comme des soucoupes, blêmit, puis ses lèvres se mirent à trembler, semblèrent esquisser quelques mots. Cependant, une fois le choc encaissé, elle ravala son émotion et baissa les yeux, tandis que son visage retrouvait peu à peu ses couleurs.

Incapable de détacher mon attention de Shizu, je saluai néanmoins l'ancien commandant du service de bord. Il se mit à rire sous cape, pour dissimuler sa gêne d'être surpris dans une situation aussi scabreuse. Il titubait et semblait passablement éméché. Je savais que ce n'était pas un homme aux mœurs relâchées et qu'il ne s'adonnait guère à la boisson, je n'eus donc aucun mal à imaginer où il s'était enivré de la sorte.

« Tu t'es habitué à ton nouveau poste ? » me demanda-t-il en ôtant sa main de l'épaule de Shizu, pour la fourrer dans la poche de son pantalon.

Cet homme grand, au corps forgé par une vie de marin, était encore robuste à cinquante ans passés ; il se dressait devant moi comme une muraille, malgré son ivresse. C'était lui qui m'avait initié au métier de la mer autrefois. Son attitude au travail, ses actes de bravoure avaient forcé mon admiration : je l'avais vu arrêter sur le bateau, après un âpre corps à corps, un criminel dont la police avait diffusé le signalement. Une autre fois il s'était porté lui-même au secours d'un enfant tombé à la mer. C'est à lui que j'avais confié, avant qui que ce fût, ma décision de trouver un emploi à terre.

« J'ai fini par prendre confiance en mes capacités de gardien de prison.

— Ah ? C'est une bonne nouvelle. »

Shizu ne faisait plus mine de s'enfuir, c'est elle

maintenant qui avait posé sa main sur le bras de l'homme, comme pour me provoquer. Je me rappelai la sensation éprouvée en léchant sa cicatrice, et me demandai soudain avec quelle vie exactement elle avait voulu trancher les liens par cet acte.

Depuis son coup de téléphone à la prison, je n'avais plus entendu parler d'elle. J'avais tellement tremblé de peur après son appel que j'en avais précipitamment conclu qu'elle était de mèche avec la maffia locale. S'il s'était réellement agi d'un piège, les coups de téléphone auraient dû continuer, or il ne s'était rien passé de tel, l'ancien détenu devenu racoleur n'était jamais venu me rendre visite, et je n'avais été l'objet d'aucune manœuvre d'approche visant à faire de moi un intermédiaire entre les prisonniers et la pègre de la ville. Trop conscient des risques que je prenais en fréquentant la jeune femme, sans doute avais-je réagi de façon excessive, mais lorsque j'avais commencé à me rendre compte que mon interprétation avait été hâtive, il s'était déjà écoulé tant de temps qu'une nouvelle visite au bar eût manqué de naturel. Et voilà que je la rencontrais à nouveau par hasard, juste au moment où ces questions me tourmentaient.

Était-il possible que Shizu m'eût téléphoné sur mon lieu de travail simplement par désir d'entendre le son de ma voix ? Elle avait dû longtemps hésiter à le faire et n'avait pas renouvelé son appel, de crainte d'avoir commis une bévue. Elle s'était rendu compte de sa maladresse, avait regretté de m'avoir appelé. Ensuite, voyant que de mon côté je ne me manifestais pas, l'inquiétude l'avait saisie, elle avait dû se persuader que je la rejetais.

« À propos, l'ultime sortie en mer du *Yoteimaru* a été fixée au treize mars. Si tu pouvais t'arranger pour être libre ce jour-là, et te joindre à nous pour naviguer une dernière fois sur le ferry... »

Mon ancien supérieur me soufflait au visage une haleine empestée par l'alcool. Shizu s'était légèrement appuyée contre lui, les coins de ses lèvres crispées exprimaient son ressentiment à mon égard. Ou plutôt non, il ne s'agissait pas de ressentiment, mais d'un vaste faisceau d'émotions, dépit, chagrin et langueur amoureuse, accompagné d'un effort désespéré pour dissimuler son état d'âme. Ne sachant rien de tout cela, le marin avait resserré son étreinte autour d'elle, et Shizu, en dépit de la virulence avec laquelle elle avait repoussé ses avances un instant plus tôt, s'abandonnait sans réagir dans ses bras, prenant ainsi une silencieuse revanche sur mon indifférence à son égard.

« Dès que la fermeture définitive de la ligne a été fixée, on s'est tous décidés très vite : on s'est dit qu'il fallait clore de façon mémorable les quatre-vingts ans d'histoire du *Yoteimaru*, lui offrir des funérailles dignes de lui. Hein, Saitô ! quoi qu'il arrive, il faut que tu t'arranges pour être là aussi. »

Son ton s'était légèrement échauffé : il affichait sa détermination, quêtait mon assentiment avec force. Sans même y penser, j'opinai de la tête. Immobile dans l'ombre massive de son compagnon, Shizu m'observait toujours. Mais je restai insensible à la supplique muette de son regard. Je n'étais pas versé dans l'art de percer à jour les sentiments qu'une femme peut dissimuler sous un masque de froideur.

Le vent avait redoublé de violence, la tempête frappait nos joues sans pitié. La neige nous enveloppait de rafales glacées, comme si elle cherchait à nous chasser. J'aurais voulu serrer dans les miennes les mains engourdies et gelées de Shizu, mais un énorme gouffre, que rien sans doute ne pourrait combler, nous séparait désormais.

Le marin pressait Shizu contre lui avec une telle absence de retenue que je dus détourner le regard. Je concentrai toutes mes forces dans mes pupilles pour essayer de regarder la neige tomber dans une autre dimension, loin d'ici. Dans cet ailleurs, c'était dans mes bras que Shizu se blottissait, c'était l'un contre l'autre que nous nous serrions à la lueur du réverbère.

« Bon, allez ! » L'homme me tapa deux ou trois fois sur l'épaule, un sourire souleva le coin d'une de ses lèvres. Shizu s'avança alors d'un pas et me regarda fixement. Sous la neige qui tombait de plus en plus drue, sa bouche fardée d'un vif carmin, finement serrée en une ligne droite, m'adressait un reproche muet. Elle se pencha soudain, ramassa une poignée de neige, façonna une boule qu'elle me jeta au visage en se redressant de toute sa taille.

Le projectile lancé violemment d'une distance de deux ou trois mètres vint éclater sur mon visage, et la douleur cuisante des minuscules aiguilles de glace me transperça les joues. En même temps je sentis renaître au fond de mon ventre la sensation éprouvée en l'étreignant, cette nuit-là. Nous nous désirions si fort que nos corps s'étaient mêlés à plusieurs reprises, sans se lasser. Je ne portais aucun masque alors. Ce bref moment avait peut-être été le seul, au cours de mes trente années d'existence, où je m'étais dévoilé totalement.

Un fragment de neige glissa sur mes cils, fondit sur mes yeux, et le monde qui s'étendait devant moi m'apparut soudain en double. La neige s'était amoncelée sur les toits des voitures, sur les auvents et les pancartes des bars, transformant brutalement la réalité en blanche fantasmagorie. Une nouvelle Shizu se superposa à la première, son compagnon se dédoubla lui aussi. Puis je réintégrai mon corps, le monde fit à nouveau un avec le monde. La neige continuait de tomber, ensevelissant tout. Elle durerait jusqu'au printemps, et sa pureté immaculée dissimulerait toutes les souillures d'ici-bas.

Dès le début de la nouvelle année, Osamu Hanai se plongea dans l'étude afin de préparer l'examen de février. Il offrait l'image même d'un candidat motivé et, à la vue de son attitude zélée, j'en venais presque à me demander si je ne m'étais pas mépris sur ses intentions séditieuses. Même pendant les cours traitant de sujets compliqués, auxquels les autres détenus assistaient en somnolant, il prenait des notes, posait des questions dès que le moindre détail lui échappait. Une fois le cours terminé, de retour dans sa cellule, il continuait à s'absorber dans l'étude en silence. Comme d'habitude, il obtenait les meilleures notes, et les responsables administratifs louaient en chœur son sérieux et ses compétences.

C'est pourquoi, lorsqu'il rata son examen, tout le personnel pénitentiaire se récria d'une seule voix qu'il devait s'agir d'une erreur. Les épreuves s'étaient déroulées sous le contrôle sévère d'examinateurs envoyés par le bureau des Messageries maritimes d'Otaru, que le capitaine appela exprès pour vérifier si Hanai avait vraiment échoué. On le lui confirma.

La stupéfaction était générale : qu'était-il donc arrivé à Hanai pour qu'il subisse pareil échec ?

« Il n'avait pas passé d'examen depuis longtemps, il a dû avoir le trac », avança le gardien-chef, mais personne ne crut à cette explication.

Rater les épreuves écrites du diplôme de navigant de sixième classe était chose extrêmement rare : elles relevaient d'un niveau si faible qu'on comptait à peine un échec sur plusieurs années consécutives. Même desservis par un léger trac, les stagiaires qui avaient obtenu des notes aussi brillantes qu'Hanai aux examens blancs ne pouvaient échouer le jour de l'examen, à moins de rendre une copie blanche.

D'abord décontenancé, je commençai même par compatir un peu, imaginant la déception d'Hanai devant un échec aussi cuisant. Mais lorsque je me mis à réfléchir à tête reposée, il m'apparut évident qu'il ne pouvait avoir obtenu pareils résultats que de propos délibéré. Une intuition naquit en moi : cet échec volontaire était le point de départ de son plan, tout allait se développer à partir de là ; ses véritables intentions n'allaient pas tarder à se révéler au grand jour.

Le personnel technique et administratif consacra l'heure de cours à lire la liste des candidats reçus. Naturellement, le nom d'Hanai n'en faisait pas partie, ce qui suscita une certaine agitation dans les rangs des détenus : tous se retournaient pour scruter la réaction de l'intéressé, qui demeurait impassible, le regard fixé droit devant lui, menton en avant, tête droite. Cette attitude pouvait passer pour l'expression de sa déception, mais tout aussi bien pour de la suffisance.

Le capitaine, cherchant à le rasséréner sans en faire trop, l'interrogea à voix basse, d'un ton calme :

« Que s'est-il passé ? Tu étais trop tendu ? »

Hanai hocha brièvement la tête et répondit par ces quelques mots :

« J'ai trop présumé de mes capacités. »

Pas une once du désappointement qu'il était censé éprouver ne perçait dans sa voix, l'éclat de ses yeux n'exprimait pas non plus le moindre découragement. Il se tourna vers le capitaine pour ajouter d'un ton enjoué, pour le moins surprenant de la part d'un candidat fraîchement recalé :

« Je vais m'efforcer de me préparer à nouveau pendant un an, et j'espère que cette fois je réussirai. »

À la fin du cours, les détenus furent raccompagnés dans leurs cellules. Je réintégrai le bureau des surveillants où je passai un moment en compagnie de mes collègues et des techniciens à échanger nos avis respectifs sur les résultats de l'examen. La correction des épreuves ayant été menée de façon très stricte, les résultats ne pouvaient être mis en doute, et le gardien-chef finit par clore la discussion en affirmant qu'Hanai avait sans doute, comme il l'avait dit lui-même, trop présumé de ses capacités.

Il fut bientôt l'heure de quitter mon poste, et je m'apprêtais à rentrer chez moi comme d'habitude, mais l'échec imprévu d'Hanai continuait à susciter diverses interrogations dans mon esprit. Je décidai donc de faire un détour par sa cellule avant de partir. Je prévins le gardien-chef que je me tracassais au sujet d'Hanai et que j'allais vérifier qu'il ne se passait rien d'anormal. S'il avait volontairement raté son examen, et ainsi gâché un an de travail et la magnifique chance de s'en sortir qui lui était offerte, quel bénéfice comptait-il en tirer ? J'avais beau réfléchir, aucune explication ne me satisfaisait.

Jusqu'à quand allais-je me laisser manipuler de la sorte par cet homme ? Quelles embûches m'attendaient au bout de ce destin, dû à je ne sais quels actes passés, qui m'obligeait à le retrouver sans cesse sur ma route ? Je marchais vers le baraquement numéro trois, sans qu'aucune réponse vînt apaiser mon tourment. L'air glacé de la nuit s'insinuait jusque dans le bâtiment de bois du pénitencier, un froid intense régnait dans la longue galerie sombre qui s'étendait tout droit du quartier de haute sécurité au bâtiment des cellules individuelles. Mon haleine m'enveloppait de vapeur blanche, laissant derrière moi une traînée qui ne se dissipait pas. Le froid m'engourdissait le bout des doigts, je sentais mon visage se paralyser peu à peu sous cet air glacial.

Je m'arrêtai un instant à la vue de la muraille de briques rouges qui se dressait au fond de la cour enneigée. L'hiver était la saison qui prêtait au pénitencier sa beauté la plus solennelle. En été, avec sa terre marron et nue et les volutes de poussière suffocantes que soulevaient les colonnes de prisonniers à l'allure militaire, l'endroit était aussi lugubre qu'un pâturage abandonné. Mais, lorsqu'une épaisse couche de neige venait ensevelir la prison et la laver de ses souillures, une sorte de solidarité s'établissait entre détenus et gardiens, obligés de se plier ensemble à la domination sévère de la nature ; sous cet amoncellement de blancheur, la maison d'arrêt se muait en un énorme vase immaculé. L'hiver était la seule période de l'année où il devenait agréable d'y vivre.

Je me remis à marcher en direction des cellules ; au bout d'un moment, un rire me monta aux lèvres. Balayant la neige qui recouvrait mon esprit, il libéra une idée profondément enfouie : Osamu Hanai m'obsédait et avait pris en moi des proportions énormes, mais qu'était-il en fait, sinon une vulgaire baudruche dépourvue de consistance réelle ?

Le choc psychologique dû aux mauvais traitements subis dans mon enfance m'avait conduit à lui accorder une importance démesurée, mais il s'agissait en réalité d'un détenu ordinaire, purgeant sa peine comme les autres. Osamu Hanai était ici, dans sa cellule, et nulle part ailleurs. Enfermé dans la prison d'Hakodate, totalement coupé du monde extérieur. Aujourd'hui, il n'était plus qu'un condamné payant la rançon de son crime, et rien d'autre.

À cette pensée, étrangement, son image commença à se faire transparente dans mon esprit, ses contours devinrent flous. Depuis son arrivée, j'avais été gouverné par l'illusion qu'il ourdissait je ne sais quelle intrigue, mais à la réflexion, qu'aurait-il bien pu tramer au fond de sa cellule ?

Hanai n'était plus le même que lorsque nous étions écoliers, un vide de dix-huit années s'étendait entre nous. Je devais le regarder comme un être totalement différent. Il avait sans nul doute conservé cette étonnante propension à manipuler son entourage, et l'éclat aigu de son regard rappelait l'enfant qu'il avait été, mais de là à lui prêter d'absurdes pouvoirs démoniaques propres à m'effrayer ! J'étais devenu un adulte vigoureux, que nul ne se serait plus risqué à maltraiter, et en outre, j'occupais la position de gardien. Seule la peur que m'inspirait son ancien spectre avait nourri mes fantasmes. En réalité, Hanai n'était qu'un raté, rien de plus.

Je m'arrêtai devant sa cellule et regardai fixement la porte d'acier, comme si mon regard allait la transpercer. En ce moment même, derrière cette porte, Hanai devait être prostré sur les nattes dures, en proie à un complet découragement. Où un prisonnier comme lui, vivant une totale privation de liberté, aurait-il trouvé l'énergie de rater exprès un examen, et quelle raison aurait-il eu de le faire? Son air bravache lors de l'annonce publique de son échec s'expliquait enfin : ce n'était que du bluff. Et moi, j'étais tombé dans le panneau et m'étais imaginé que son insuccès était voulu. Pourquoi? Tout simplement parce que cela correspondait à son personnage. Mon erreur, précisément, avait été de chercher des raisons à ses actes.

Debout devant sa cellule, je réduisis enfin en lambeaux l'être fantasmatique que mon esprit abritait depuis l'enfance. À nouveau, je me mis à rire sous cape : comme j'avais été pleutre, pour le craindre si longtemps à l'égal d'un démon! Il était privé de liberté, je n'avais absolument rien à craindre de lui.

Il était là, déprimé, accablé, au fond de sa cellule

silencieuse, de cette boîte étriquée à l'intérieur de laquelle on ne devinait même pas une présence humaine. Je disposais en revanche de la liberté totale de regarder à travers ce judas quand l'envie m'en prendrait. J'éprouvai soudain le sentiment de supériorité d'un homme qui est parvenu à dénouer un sortilège. Je pouvais observer Hanai quand je le voulais ! Une joie démente me saisit à cette idée toute simple, qui ne m'avait jamais effleuré jusque-là. Désormais, il n'avait plus ni le droit ni la liberté de me rejeter ; moi, en revanche, je pouvais le surveiller vingt-quatre heures sur vingt-quatre si je le souhaitais. Un beau jour, nos positions s'étaient complètement inversées, la vie en avait voulu ainsi. Je tenais ma victoire pour être resté à travailler sur ce banc de sable, je tenais enfin ma revanche : surveiller Osamu Hanai sans relâche. Le simple fait d'étaler ce droit et ce pouvoir à ses yeux de captif me vengeait des innombrables violences qu'il avait exercées sur moi, enfant. C'étaient là mes représailles, pour tous les coups reçus dans des combats à mort, pour la mémoire de mon père outragée, pour les humiliations, pour avoir été contraint à me déshabiller devant toute la classe, pour ma nudité exposée, et enfin pour ma dignité humaine élémentaire bafouée dans un simulacre de procès. Il me suffisait d'ouvrir ce judas et d'observer cet homme enfermé. Il me suffisait de le regarder, prostré dans son échec. Que cet insuccès fût voulu ou non, peu m'importait désormais. Il n'y avait qu'une vraie question : celle de nos positions respectives. J'étais dehors ; lui, dedans.

Ses exactions étaient négligeables, après tout. Qu'avait-il fait, enfant, sinon ignorer une vieille femme tombée à terre, et chercher à faire mourir de faim un chaton ? Une fois adulte, il avait agressé un homme, et cet écart de conduite l'avait précipité sur la mauvaise pente, l'avait fait basculer dans l'échec. C'était la raison de sa présence ici.

Je posai la main sur le judas glacé. Quel que puisse être l'état d'esprit d'Hanai de l'autre côté de cette porte, son existence ne me menaçait plus. Je n'avais plus rien à craindre. C'est lui qui était sous mon contrôle, pas l'inverse. À la moindre atteinte au règlement, j'étais autorisé à lui écraser mon poing sur la figure.

Mais alors, pourquoi ma main tremblait-elle ?

Des mouvements spasmodiques et incontrôlables avaient saisi mes doigts, comme sous l'emprise d'une crainte absurde, au moment où ils se posaient sur le loquet. Pourquoi l'inquiétude qui m'avait envahi me collait-elle ainsi à la peau ? Pareille terreur à l'égard d'un homme qui se trouvait enfermé alors que j'étais libre défiait les lois de la raison ; elle n'en était pas moins d'une indéniable réalité.

J'hésitais à nouveau. Immobile devant cette porte, torturé par une angoisse dont les raisons m'échappaient, une extrême confusion m'avait envahi. Les coins de mes lèvres, relâchés, se resserrèrent peu à peu, ma mâchoire se raidit. Résistant au violent tourbillon de mes émotions mêlées d'atermoiements, ma main se tendit dans un effort désespéré. « Ne te fuis pas toi-même, fais face ! » me criai-je intérieurement. Seul dans ce couloir glacé et silencieux, les nerfs à fleur de peau, je finis par tirer le loquet dans une réaction convulsive.

Aussitôt, un regret aigu me traversa. Le dur raclement de l'acier avait résonné dans le bâtiment silencieux, annonçant ma présence à tous les détenus du baraquement numéro trois. Ce bruit incongru me fit sursauter, je sentis mes oreilles devenir brûlantes, toute dignité faillit m'abandonner.

Hanai était assis au milieu de sa cellule, l'air plus martial que jamais. Ainsi que je l'avais craint, son existence se dressait toujours face à la mienne, telle une imprenable forteresse. Les proportions du cadre qui l'entourait me parurent plus symétriques que d'habitude. Il semblait régner sur ces quatre murs en souverain absolu, maître de la moindre portion de cet espace vide.

Le néon suspendu au-dessus de sa tête auréolait son corps d'un nimbe doré. La peau de son crâne, sous les cheveux rasés de près, réfléchissait crûment la lumière. Son uniforme de prisonnier le drapait comme une étole de bonze, et il émanait de lui cette douceur qui n'appartient qu'à ceux qui se sont libérés de la loi du karma. Ses yeux suivaient les lignes d'un livre, déchiffrant silencieusement le sens de l'univers qu'il renfermait. Raideur et souplesse coexistaient dans le tracé de ses lèvres finement serrées et en même temps pleines de mollesse. Mon regard parcourut les courbes de son corps, depuis le haut du crâne, les épaules, jusqu'aux genoux croisés; face à cette forme flexible en union avec le cosmos, je ne pus m'empêcher de déglutir inconsciemment.

À cet instant, il m'apparut comme une claire évidence qu'Hanai avait volontairement raté son examen. Inversement, je me sentis déchu de mon poste de gardien, disqualifié : j'avais échoué dans ma vengeance.

Entre ces quatre murs étroits, Hanai s'était mué en un gigantesque Bouddha.

12

J'étais sûr d'avoir fait ce rêve juste avant de me réveiller. Je nageais, ou bien me noyais, dans un vaste océan étincelant de lumière. La sensation me paraissait trop agréable pour une noyade, mais étonnamment reposante et sans effort pour de la nage. À l'instant même où je refermai les paupières de toutes mes forces pour tenter de retenir ces images, elles volèrent en éclats.

Je n'arrivais pas à me lever.

Il faisait encore nuit. J'hésitai longuement, les yeux fixés au plafond, poussant malgré moi à plusieurs reprises de profonds soupirs. Je tâtonnai à la recherche du réveil : il indiquait cinq heures et quart. Dans la pièce voisine, toute la maisonnée dormait encore ; je discernais vaguement, entre les interstices des cloisons de papier, des mouvements ténus qui agitaient les renflements de la couette.

Je me pris le visage à deux mains, m'exhortant intérieurement : « Si tu te rendors, tu regretteras toute ta vie d'avoir manqué cette occasion ! » Je rassemblai toute mon énergie, arrachai la couette et me levai d'un bond. J'ouvris la fenêtre : notre maison était située à mi-pente du mont Hakodate, et la végétation luxuriante de la montagne, d'un noir de jais, me sauta tout de suite aux yeux. Tandis que j'ôtai mon vêtement de nuit devant la vitre ouverte, une violente chair de poule me hérissa les poils des bras.

La silhouette de ma femme apparut dans l'obscurité. Je n'avais pas évoqué une seule fois devant elle la dernière sortie en mer du ferry, mais elle devait être au courant par la télévision ou la radio, car elle ne m'acccabla pas de ses récriminations habituelles. Debout dans la cuisine encore plongée dans la pénombre, elle s'activa en silence aux préparatifs du petit déjeuner, frottant ses yeux gonflés par le manque de sommeil. Le bruit sec du couteau tranchant finement le radis, tchac, tchac, tchac, se mit à retentir et la pièce s'emplit rapidement d'un délicieux fumet de soupe au miso qui m'ouvrit l'appétit. Je me débarbouillai, me rasai, enfournai à la hâte ce repas matinal, puis sortis mon uniforme de steward du placard où je l'avais remisé depuis longtemps, et m'habillai. Penchée dans l'entrée, le dos rond, ma femme astiquait soigneusement mes chaussures. Ses hanches étaient bien plus enrobées qu'à l'époque où je l'avais connue, et le cardigan qu'elle avait enfilé par-dessus son kimono de nuit était élimé aux coudes. Quand elle eut achevé sa tâche et que mes souliers eurent retrouvé tout le lustre du neuf, elle se redressa pour contempler son œuvre avec un sourire satisfait.

J'enfilai un épais manteau par-dessus mon uniforme, puis quittai la maison. À l'horizon, les ténèbres de l'aube se dissipaient peu à peu, révélant un ciel nuageux. Les confins du monde commençaient à apparaître. La neige avait gelé sur les pavés du chemin, et je faillis glisser à plusieurs reprises. Je descendis prudemment la côte, le point d'appui de mon corps délicatement ramené en arrière pour ne pas tomber. L'étendue sombre de la baie en contrebas changeait de teinte de minute en minute au fur et à mesure que le soleil montait dans le ciel. Une sirène résonna au loin. Le son grave vibra dans l'air glacé, se propagea avec puissance tandis que la lumière continuait à chasser les ténèbres. J'avais reconnu le *Yoteimaru*. Je dévalai quelques mètres en courant, attentif malgré tout à ne pas poser les pieds n'importe où, pour me poster à un endroit d'où le regard embrassait toute la vue en contrebas. Je repérai dans la baie la silhouette du ferry qui arrivait tout juste d'Aomori, et devait repartir à sept heures vingt. Il se déplaçait paisiblement entre les blocs de glace qui s'étaient formés par endroits sur les eaux, voguant avec une lente majesté, comme s'il avait pleinement conscience que le jour qui s'annonçait marquait son dernier voyage.

Les deux extrémités du banc de sable s'élargissaient en éventail, bordées par la lumière transparente du matin ; elles s'illuminèrent les premières, puis le dessin de la ville entière apparut graduellement. La rue pavée que je descendais était celle-là même ou autrefois Hanai était passé sans un mot devant une vieille femme gisant à terre : je reconnaissais le hangar de briques rouges d'un côté, la rangée de maisons de style russe de l'autre. Je parvins au bas de la pente enneigée juste au moment où le *Yoteimaru* s'apprêtait à accoster.

Malgré l'heure matinale, les citadins s'étaient rassemblés en foule sur la jetée pour admirer une dernière fois son imposante silhouette. Le service partant d'Aomori à dix-sept heures devait constituer la véritable dernière traversée, mais j'avais pour ma part l'intention de me rendre tout de suite à Aomori, pour revenir à Hakodate avec le service suivant. Tout en observant d'un air serein les visages animés de la foule, je me frayai un chemin jusqu'à la passerelle réservée aux membres de l'équipage, située en poupe. Je sortis mon képi de mon sac, m'en coiffai, puis enlevai mon manteau, le fourrai dans le sac vide, et levai lentement la tête vers le navire. Le *Yoteimaru* se dressa alors devant moi comme une immense muraille inébranlable, à laquelle se superposa dans mon esprit la vision de l'enceinte de briques rouges de la prison. Rassemblant tout mon courage, je mis le pied sur la passerelle, et grimpai d'une traite, sans me retourner.

Une fois sur le pont, je fus accueilli par d'anciens membres du service de bord. Ils avaient tous embarqué la nuit précédente. Ils vinrent me serrer la main, souriant de toutes leurs dents, avec des commentaires ravis : « C'est bien que tu sois venu. Tu n'as pas oublié, merci. » Comme moi, ces hommes s'étaient reconvertis dans d'autres emplois, certains avaient même quitté Hakodate depuis longtemps et étaient revenus exprès de Tokyo pour l'occasion. La vue de leurs visages hilares chassa au loin mes inquiétudes, et ces retrouvailles me ravirent. Aucun de mes anciens collègues présents à ce moment-là sur le ferry ne semblait regretter la nouvelle voie qu'il avait choisie.

L'un d'eux alla chercher le capitaine, qui ne tarda pas à apparaître sur le pont, et de nouveau des sourires paisibles s'épanouirent sur tous les visages. « Allez, va le saluer le premier », me souffla le chef du service des passagers en me donnant une légère bourrade dans le dos. Je m'avançai en compagnie d'un ancien matelot. En arpentant ainsi le pont-promenade dans mon uniforme d'autrefois, l'illusion de n'avoir jamais quitté ce navire me saisit soudain. Je me laissai emporter un instant par la rêverie : « Si seulement j'avais pu continuer à travailler comme steward ! » me disais-je, mais chaque pas sur le pont m'éloignait de ce mirage et me ramenait inexorablement à la réalité.

Le capitaine nous regarda d'un air serein, nous remercia d'être venus. Nous nous inclinâmes profondément devant lui, avant d'évoquer quelques souvenirs communs. Ici aussi, les visages des membres de l'équipage étaient souriants. Au moment de tourner une page définitive, ce navire fier de sa longue histoire se dressait majestueusement sur les eaux. Sa puissante charpente vibrait sous nos pieds. Bien campé sur le pont, je sentais moi aussi son inaltérable solidité, tandis que les lueurs délicates du matin, empourprant le ciel d'Hakodate, emplissaient tout mon champ de vision et me serraient le cœur d'un étau de plus en plus tenace.

À sept heures moins cinq, les passagers commencèrent à embarquer, et je repris mon ancien poste pour surveiller leur montée. La longue file de citadins nostalgiques venus dire adieu au ferry s'étendait loin sur la jetée, et s'avançait lentement sur l'étroit passage menant au pont.

Peu après, je repérai la silhouette de Shizu, vêtue d'un manteau sombre, dans la foule des passagers.

Malgré le col montant qui dissimulait une partie de son visage, je la reconnus aussitôt. J'allais l'appeler quand une idée subite me cloua sur place : je venais de me souvenir de la présence sur le bateau du chef du service des passagers. « Ah, c'est donc pour lui que tu es là ? » me dis-je en regardant la jeune femme passer devant moi de profil. Je n'esquissai pas le moindre geste vers elle.

Il me sembla alors entendre quelqu'un crier depuis la jetée : « Hypocrite ! » Attiré par le son de cette voix, je me retournai et aperçus debout en contrebas la silhouette de l'écolier que j'étais autrefois. Je me penchai par-dessus le parapet pour contempler l'enfant qui se faisait tout petit dans un coin de la jetée, sans agiter la main pour dire au revoir comme les autres. C'était bien moi, figé sur place, me demandant ce que je faisais là. Étais-je venu dire adieu à mon tortionnaire parce que j'avais moi aussi envie de quitter pour toujours cette langue de sable étriquée ? Ou avais-je tout simplement peur d'être abandonné ?

À sept heures vingt, la sirène résonna dans la baie d'Hakodate, et le ferry quitta le quai, accompagné par les signes de mains de l'énorme foule venue lui souhaiter bonne route pour la dernière fois. De somptueuses banderoles, interdites en temps normal parce que considérées comme dangereuses, flottaient dans le ciel au-dessus de la jetée. Tels les tentacules du *Yoteimaru* s'agitant pour un ultime adieu, les longues bandes de papier aux coloris vifs, lancées du pont par les passagers, voletèrent sans fin de long en large dans le ciel du matin, tout à fait clair maintenant. Tour à tour emportées puis ramenées par le vent, elles finirent par s'abattre sur la jetée, comme vidées de leurs forces.

Le paysage de la baie, qui s'éloignait progressivement, éveillait en moi une profonde nostalgie. Juste en face, les pentes argentées du mont Hakodate, s'élançant vers le ciel, scintillaient d'un éclat aveuglant. Je me rendis à la proue du navire pour regarder la montagne. Elle aussi semblait me contempler de toute sa hauteur.

Après le départ d'Osamu Hanai pour Tokyo, j'avais passé mon temps, moi qui étais resté seul en arrière, à imaginer à quoi ressemblait le monde extérieur. Je m'étais procuré un globe terrestre, que j'avais posé à mon chevet, et le faisais tourner sans cesse, essayant de déterminer la place dans l'univers du lieu où je vivais. J'avais marqué tant de fois du bout de mon ongle l'endroit où se trouvait Hakodate que la partie inférieure du Hokkaido était affreusement déformée, cabossée et griffée de marques étranges. Quand je compris que le monde n'était finalement rien d'autre que cette sphère, je sus que j'avais tout à portée de ma main :

je pouvais aller en pensée au bout du monde, au bout de l'existence, au bout de cette dimension, au bout du temps. Hanai parti, mon père mort continuaient à exister en moi, comme le reste. Je faisais tourner ce globe terrestre entre mes doigts puis le serrais bien fort pour l'arrêter, dessinant le galbe arrondi d'une planète, et je comprenais que tout était là, entre mes mains. La langue de sable où je vivais contenait l'univers entier.

L'année qui suivit la mort de mon père, je m'en souviens très bien, fut celle où Apollo 11 se posa sur la Lune : les télévisions du monde entier diffusèrent les images de la Terre vue de l'espace. Ma mère m'avait appelé — « Il faut absolument que tu voies ça ! » — pour me montrer sur l'écran les silhouettes floues des astronautes foulant le sol de la Lune. Il me semble que ce moment précis marqua les débuts d'une triste évolution : l'imagination de l'humanité tout entière était désormais unifiée, concentrée sur une constatation extraordinaire qui balayait tous les doutes : la Terre était ronde et flottait dans l'espace. Au moment où tous les habitants de la planète reconnaissaient simultanément cette vérité indéniable, une nouvelle conception du monde se faisait également jour en moi.

Le jour où Osamu Hanai avait pris son essor vers l'inconnu, j'avais décidé de m'ancrer pour toujours ici. Je refusais de mettre en doute les affirmations des anciens ; pour moi, le monde resterait un socle reposant sur la carapace d'une tortue. Je voulus me persuader qu'aux quatre coins de cette surface plane, les océans se muaient en gigantesques cascades déferlant dans le vide. Convaincu que l'ensemble des connaissances que je pouvais acquérir ici même constituaient précisément le monde pour moi, je m'étais définitivement enraciné dans ma ville d'origine. Au centre de mon univers se trouvait la silhouette céleste du mont Hakodate, surplombant une étroite langue de sable d'à peine un kilomètre de large, encadrée par la mer. La tête respectueusement levée vers le sommet sacré, j'avais grandi dans ce monde limité, en faisant tournoyer un globe terrestre entre mes doigts.

Chose rare, la mer était calme au centre du détroit et le ferry tanguait à peine. Des centaines, des milliers de petites crêtes d'écume moutonnantes se succédaient à la surface, comme si le détroit lui-même eût agité ses innombrables mains pour dire adieu au navire. Mêlé à la foule des passagers, je me penchais avec eux par-dessus le bastingage pour contempler l'étendue sans fin de la mer en contrebas. Le soleil déversait à flots ses rayons sur les eaux vert sombre, qui renvoyaient un éclat aveuglant.

Je revis Shizu une heure et demie environ après le départ. J'étais descendu dans les cabines avec mes anciens collègues pour vérifier que tout allait bien, lorsque je l'aperçus sur le pont-promenade. Cette fois, je ne pus demeurer insensible à l'appel de son paisible profil de médaille, encadré par un hublot.

Je me précipitai en haut pour la rattraper. La plupart des passagers étaient sortis regarder la mer, et il y avait foule sur le pont. Des familles entières se prenaient en photo, avec des rires en cascade ; un groupe de vieilles femmes, épaule contre épaule, contemplait le large. J'étais le seul, dans cette atmosphère sereine, à courir vers mon passé.

Je rattrapai Shizu vers le milieu du pont. Elle ne parut aucunement surprise de me voir et me regarda bien en face. La gorge nouée, la respiration haletante, je n'arrivais pas à parler. Un drapeau orné du soleil levant flottait à l'extrémité arrière du pont. Je regardai tour à tour l'emblème national violemment agité par le vent et le visage de la jeune femme, inquiet de ne pas parvenir à reprendre mon souffle.

« J'ai décidé de retourner à Aomori, finit-elle par dire d'une voix sans force, en me tournant le dos pour regarder la mer. Je suis venue à Hakodate sur ce même bateau, voilà pourquoi j'ai décidé de faire avec lui son dernier voyage. Comme ça, même si ma vie devient pénible et que j'ai envie de repartir, je ne pourrai pas, il n'y aura plus de ferry de toute façon. »

Je n'osais pas parler : il me semblait que la moindre parole que je prononcerais déciderait de son avenir, aussi sûrement que si j'avais le doigt posé sur une détente.

« Saitô ! Tu étais là ? On va bientôt croiser le *Hakkotamaru* », lança un de mes anciens collègues en m'empoignant l'épaule sans ménagement.

Je saisis Shizu par le bras d'un geste décidé et l'entraînai avec moi à la suite de l'homme qui repartait au pas de course. Nous grimpâmes sur le pont supérieur, où se trouvaient déjà plusieurs membres de l'équipage, et en nous retournant, nous aperçûmes le ferry d'Aomori qui mettait le cap à pleine vitesse dans notre direction. Comme en réponse, le *Yoteimaru* tourna progressivement sa proue vers lui et les deux bateaux commencèrent à se rapprocher sur les eaux du détroit de Tsugaru, fonçant l'un vers l'autre à une vitesse impressionnante.

La sirène du *Hakkotamaru* retentit alors, à coups répétés et plus longs que d'ordinaire. Depuis le pont supérieur, nous agitâmes tous la main pour le saluer. Le geste ne suffisant pas, nous l'accompagnâmes de cris. Un de mes anciens collègues déploya soudain le drapeau rouge du syndicat maritime local, un vaste étendard de plus de deux mètres de large qui fut aussitôt agité avec frénésie.

Lorsque nous arrivâmes à sa hauteur, l'énorme masse du *Hakkotamaru* se dressa sous nos yeux, bouchant tout l'horizon. La mer et le ciel disparurent un instant, tandis que les deux navires se frôlaient. On pouvait distinguer avec netteté les visages et jusqu'aux expressions des gens qui se pressaient sur le pont d'en face. Shizu avait elle aussi couru vers le bastingage et buvait le spectacle des yeux, comme si elle cherchait sa propre silhouette sur le bateau en provenance d'Aomori. Des gens pleuraient, d'autres agitaient les bras en l'air ; les passagers, rassemblés au grand complet sur le pont de chacun des navires, se penchaient en avant, attirés les uns vers les autres par une sorte de magnétisme. Pour la première fois, je fis l'expérience du grincement de l'acier contre l'acier au moment où ces deux monstres de cinq mille tonnes se croisaient à ras, se touchant presque. En regardant s'éloigner le ferry, une gerbe d'écume blanche dans son sillage, parmi les blocs de glace qui flottaient par endroits sur le détroit, les larmes se mirent à rouler malgré moi sur mes joues.

Lorsque le *Hakkotamaru* disparut à l'horizon, un vent glacé qui soufflait de Sibérie nous enveloppa, nous gelant corps et âme ; une sorte d'épuisement nous envahit d'un coup, comme si tout était terminé désormais. Mes anciens collègues, qui brandissaient le drapeau rouge à bout de bras, s'accroupirent l'un après l'autre sur le pont, et éclatèrent en sanglots, peu soucieux de garder la face.

C'est seulement lorsque nous arrivâmes au large du port de Hiradate que je me remis à penser à l'avenir. Tandis que le ferry pénétrait dans la baie d'Aomori, avançant sur une mer étale, je repris peu à peu conscience de ce que j'étais désormais : un gardien de prison. Bientôt apparut la silhouette pointue de l'édifice triangulaire d'Aspam, dressé contre la falaise, au-dessus de la surface plane des eaux. Le bruit des moteurs diminua peu à peu, le *Yoteimaru* ralentit sa course, crachant dans l'écume des hélices ses derniers souffles d'air chaud.

13

Hanai allait bénéficier, sur décision de l'administration pénitentiaire, d'une mise en liberté conditionnelle.

Cette libération était certes rapide puisqu'il lui restait encore un an et demi à purger sur ses huit ans, mais depuis son arrivée à la prison d'Hakodate, son attitude n'avait pas bougé d'un iota, et sa conduite était restée irréprochable, du moins en apparence. Je comprenais donc sans peine l'intérêt que la section de traitement des dossiers portait à son cas : une demande de liberté conditionnelle avait été déposée auprès du bureau d'observation et de prévention criminelle. Cependant — était-ce parce que je n'aurais jamais imaginé que l'autorisation de sortie puisse lui être accordée aussi vite ? — mon sang ne fit qu'un tour lorsque j'appris qu'il allait être officiellement libéré. J'informai le directeur du bureau de traitement des dossiers qu'en l'état actuel des choses, il restait un nombre important de points à examiner en détail avant de statuer sur le sort de ce détenu, mais ma demande de pourvoi fut rejetée. On me donna pour motif que les décisions prises par le bureau de la prévention criminelle étaient irrévocables.

Je ne pouvais admettre qu'Osamu Hanai quittât la prison — autrement dit : qu'il se retrouvât dans une position identique à la mienne —, alors que je n'avais encore résolu aucune des énigmes qu'il me posait. Le document autorisant sa liberté conditionnelle était parvenu à nos services, et sa sortie effective pouvait désormais avoir lieu très rapidement, dès la semaine suivante peut-être.

Le gardien-chef, à qui ma demande de recours avait déplu, me demanda un jour en secouant la tête :

« Pour quelle raison tiens-tu autant à ce qu'Hanai reste derrière les barreaux ? Je ne te comprends pas. Il a travaillé avec sérieux ici, pour moi, il a payé sa dette. »

En termes ambigus mais sans hésitation aucune, je me mis en devoir d'expliquer à mon supérieur que je ne pouvais m'empêcher de voir en ce détenu prétendument modèle un loup déguisé en agneau qui ne cherchait qu'à berner l'administration. Toutefois, ce n'était pas l'expression exacte de ma pensée : je ne croyais pas vraiment qu'Hanai cherchât à défier les lois et le pouvoir en place, mais je gardais l'impression tenace qu'il ourdissait en cachette une sombre machination à l'encontre de la morale. Et je voulais en observer le développement, non en tant que gardien mais à titre personnel. Voilà pourquoi j'étais opposé à sa sortie de prison : je ne voulais pas qu'il m'échappe, il fallait qu'il reste à portée de mes mains.

Je tins à lui faire part moi-même de l'imminence de sa remise en liberté :

« Osamu Hanai, une bonne nouvelle pour toi », lui lançai-je en dissimulant de mon mieux mon amertume.

C'était la pause de midi. Hanai, qui profitait de ce moment de détente en compagnie de ses camarades, se retourna avec une expression sereine. Il semblait complètement détendu. Le temps s'écoulait paisiblement ; un rayon de soleil venait me réchauffer les pieds à travers le grillage de la fenêtre. Le sifflement irrégulier de la bouilloire posée sur le poêle à pétrole agaçait les nerfs. Hanai et moi nous faisions face en silence. Son expression paisible disparut à vue d'œil, sa mine joyeuse s'assombrit. Le temps se figea soudain. À l'annonce de la libération conditionnelle de leur camarade, les autres détenus s'étaient mis à manifester bruyamment leur enthousiasme, mais Hanai et moi restions campés au milieu de la pièce, isolés du tumulte ambiant, nous fixant droit dans les yeux. Nos esprits se mesuraient avec une tension soutenue.

Deux jours plus tard, Hanai céda à un brusque accès de violence. En ce début d'après-midi radieux, les prisonniers se détendaient dans les rayons de soleil qui avaient envahi le réfectoire. Tout commença par un coup de poing qu'Hanai décocha sans crier gare au détenu chétif qu'il avait lui-même offert en sacrifice au groupe et que tout le monde traitait en esclave. La tête du jeune homme alla heurter bruyamment une table, il s'effondra.

Je me tenais un peu à l'écart, en compagnie de mes collègues ; nous nous retournâmes tous à ce fracas incongru, mais la pause s'était déroulée si paisiblement jusque-là que nous crûmes qu'un détenu avait trébuché par inadvertance, sans plus ; aucun de nous ne soupçonna la gravité de l'incident. C'est seulement lorsque Hanai, à califourchon sur sa victime, se mit à s'acharner sur elle à coups de poing en poussant des cris déments que je me rendis compte de la scène aberrante qui se déroulait sous nos yeux. Bientôt, les appels au secours stridents de la victime se mirent à résonner à travers le réfectoire, sans calmer pour autant la sauvagerie de l'agresseur. Il y eut un moment de flottement et de confusion avant que les gardiens se décident à intervenir. Le sang qui coulait du visage tuméfié de la victime formait déjà une flaque noire sur le sol lorsque nous nous précipitâmes pour tenter de maîtriser Hanai. Il était agile et vigoureux malgré sa minceur : il repoussa le gardien-chef, l'envoya rouler à terre, s'arrangea pour glisser sous mon bras tandis que j'essayais de le maintenir, et s'enfuit hors du réfectoire.

Un surveillant actionna la sonnette d'alarme. Le gardien-chef et moi-même nous jetâmes à la poursuite du fugitif, qui détalait à toutes jambes le long du couloir vétuste du baraquement. Je me demandai un instant, déconcerté, comment les choses en étaient arrivées là, puis un brusque élan monta du fond de mes entrailles, et je me précipitai de plus belle derrière Hanai, comme en rêve, sans penser à rien d'autre. D'autres gardiens s'étaient immédiatement joints à nous en renfort, et la maison d'arrêt d'Hakodate, jusque-là si paisible, devint soudain le théâtre d'une scène de délire. Des voix fusaient de partout :

« Par là ! Il se dirige vers la cour ! Il faut le prendre à revers ! »

Tout en fonçant de toutes mes forces, j'étais partagé entre deux désirs contradictoires, aussi puissants l'un que l'autre : laisser Hanai s'évader pour le voir enfin hors d'ici, ailleurs, n'importe où, ou profiter de l'occasion pour lui écrabouiller le visage à coups de poing. La sirène d'alarme ne cessait de retentir. Hanai avait sauté d'un bond dans la cour où subsistaient par endroits des plaques de neige. La ligne de ses membres bien proportionnés se détacha au-dehors, dans un aveuglant flamboiement de lumière, tandis qu'il s'élançait tel un champion de natation fonçant vers un océan sans limites.

L'enceinte de briques rouges se dressait devant lui. Il aurait beau courir de toutes ses forces, il lui serait impossible de la franchir. Il était enfermé dans une boîte bien close dont il ne pourrait s'échapper, quoi qu'il fît. En outre, ce récipient hermétique reposait sur un étroit banc de sable encerclé par les eaux. « À quoi penses-tu, bon sang ? » laissai-je échapper tout en poursuivant ma course. Voilà que je me surprenais à essayer de comprendre ce qui se passait dans la tête de cet homme qui m'avait déjà manipulé tant de fois ! Je ravalai l'irritation qui bouillonnait en moi : jusqu'à quand mon destin serait-il de me laisser mener par le bout du nez par Osamu Hanai ? Devrais-je subir cela toute ma vie ?

De toute évidence, il visait la muraille au bout de la cour. Mais même s'il l'atteignait, il ne pouvait espérer la franchir d'un bond. Comptait-il se suicider en se fracassant la tête dessus ?

Je le stoppai finalement dans son élan par un placage au sol. J'avais fait cette prise un nombre incalculable de fois au cours de mes années de lycée mais, à l'instant où mes bras ceinturèrent Hanai, le contact à la fois doux et légèrement astringent de sa peau me troubla, chose qui ne m'était jamais arrivée lors des nombreuses bagarres auxquelles j'avais été mêlé dans ma vie. Poser les mains sur cette chair tiède, ferme et musclée malgré sa maigreur, fit brusquement vaciller mon orgueil de gardien de prison. Un cri m'échappa, et je le poussai avec plus de violence que nécessaire dans une plaque de neige. Mes bras se resserrèrent autour de lui pour le maintenir. Je tremblais violemment de tout mon corps.

En un clin d'œil, une volée d'autres gardiens vint s'abattre sur nous. Sous cette masse humaine, Hanai avait le visage profondément enfoncé dans la neige. La bouche tordue dans un rictus, les dents à nu comme une bête sauvage prête à mordre, il nous crachait des insanités au visage, se débattait contre les gardiens qui le maintenaient à grand-peine. Une seule de ses mains conservait encore un semblant de liberté, il pouvait tout juste donner de petites poussées. Les surveillants eurent tôt fait de le réduire à l'immobilité totale, et leurs poings s'enfoncèrent sans pitié dans ses côtes, sur son visage. Le bruit des coups s'abattant sur la chair faisait mal à entendre. Lorsque l'un des gardiens lui décocha un coup de pied dans la figure, une impressionnante quantité de sang gicla sur la neige. La scène se déroulait juste sous mes yeux, car j'étais resté tout le temps agrippé au buste d'Hanai.

Un nouveau surveillant arriva sur les lieux, lui attacha les mains et les pieds avec les menottes de cuir réservées aux forcenés, lui ferma la bouche à l'aide d'une sorte de muselière. Même entravé de la sorte, Hanai continuait à résister, se tortillait dans tous les sens comme un ver, roulait des yeux blancs. Qui eût imaginé, à sa vue, le prisonnier modèle qu'il était encore la veille ?

La surexcitation des surveillants, devant cet incident d'une ampleur jusque-là inconnue dans l'établissement, avait atteint un tel paroxysme qu'il semblait difficile de les ramener au calme.

« Ça suffit, il ne bouge plus, maintenant. Arrêtez ! » finis-je par ordonner.

Tous contemplèrent alors les taches de sang dans la neige, hébétés, comme s'ils se demandaient ce qui s'était passé. Seul Hanai, qui respirait violemment par le nez, arborait une expression satisfaite. Il exhalait une haleine blanche à travers les interstices de la muselière, une morve sanglante lui coulait du nez. Un ciel bleu à l'éclat aveuglant dominait la scène avec une superbe indifférence.

Les gardiens durent se mettre à plusieurs pour transporter Hanai jusqu'à la cellule d'isolement du quartier de haute sécurité, à l'écart du baraquement principal. C'est là que séjournaient quelque temps, jusqu'à ce qu'ils redeviennent raisonnables, les prisonniers qui s'étaient querellés ou avaient cédé à un accès de violence. Cette construction était d'une solidité à toute épreuve. La porte d'acier, qui ne comportait ni judas ni ouverture grillagée pour passer les repas, était faite d'une plaque d'acier beaucoup plus épaisse que celle des cellules ordinaires. Des vasistas étaient aménagés en deux endroits, dans la double épaisseur de mur qui ceignait la cellule, de manière qu'un gardien pût en observer l'intérieur à tout moment. Cette structure permettait une réelle mise au secret et une privation de liberté absolue, sans compter que le système de menottes qui lui liaient les mains et les pieds entravait totalement les mouvements du forcené. Dans ce cachot éclairé jour et nuit, il se sentait surveillé en permanence. Les menottes l'obligeaient à manger la tête dans son plat comme un chien, et les conditions d'hygiène étaient les pires que l'on puisse imaginer puisque ses mains entravées lui interdisaient même de baisser son pantalon pour se soulager.

Les gardiens écrasèrent par la force les velléités de rébellion qu'Hanai manifesta au fond du cachot. Il avait beau savoir que la révolte ne pouvait lui être d'aucun secours, l'atmosphère du quartier de haute sécurité était tellement sinistre que, au début, des crises le reprirent par intermittence. Chaque fois que j'assistais à ces scènes de violence, j'en détournais aussitôt mon regard et mes pensées. La tête d'Hanai frappait durement le sol de ciment au cours de ces passages à tabac, et le sang répandu s'ajoutait à la saleté répugnante de la cellule.

« C'est la première fois que je vois une chose pareille ! Alors qu'il était sur le point d'être remis en liberté ! »

Une barre entre les sourcils, le directeur du bureau de traitement des dossiers avait passé la tête pour jeter un coup d'œil par la porte d'acier ouverte exprès pour l'occasion. Les yeux exorbités de rage, Hanai lança à l'adresse du visiteur ce qui devait être une bordée d'injures, mais seuls quelques borborygmes traversèrent sa muselière. Un groupe de gardiens pénétra aussitôt dans la cellule pour le maîtriser, mais, pour ma part, je me contentai d'observer froidement la scène d'en haut du mur. Dans son uniforme de prisonnier souillé, aux couleurs ternes, mon ancien camarade de classe avait définitivement perdu sa superbe : désormais, je n'avais plus sous les yeux qu'un minable, un raté.

Naturellement, il n'était plus question de liberté conditionnelle. Dans cet établissement, comme dans les autres prisons abritant des non-récidivistes, il n'y avait jamais de tentative d'évasion, et les actes de violence étaient rares. C'était un lieu d'où l'on pouvait sortir en quelques années à condition de se tenir tranquille et de suivre les règles sans se rebeller. Aussi l'attitude hors du commun d'Hanai suscitait-elle des hochements de tête stupéfaits ; certains membres de l'administration pénitentiaire allaient même jusqu'à évoquer la nécessité d'une expertise psychiatrique.

Hanai réintégra sa cellule individuelle un mercredi, par un froid pénétrant, exactement une semaine après l'incident. La neige tombait à gros flocons, avec une force qu'augmentait encore la dépression atmosphérique concentrée au-dessus d'Hakodate, ensevelissant la ville sous l'une des plus importantes chutes de neige jamais enregistrée. Toute notion de distance était anéantie ; un ciel bas recouvrait la maison d'arrêt d'un cocon qui la coupait complètement du monde extérieur. Seule la muraille de briques rouges ressortait au loin, dans un brouillard flou. Sans discontinuer, la neige posait ses scellés sur le monde environnant.

Quelques jours à peine après sa soudaine crise de violence, Hanai avait retrouvé son calme habituel. Il répondait à nouveau dans les règles à l'appel des gardiens et semblait même se repentir sincèrement de son acte, à tel point qu'une rumeur affirmant qu'il avait été victime d'un accès de délire commença à se propager dans la prison. Par chance, la blessure du jeune détenu avait été assez légère, contrairement à ce que laissait présager l'importante quantité de sang qu'il avait perdue. En partie grâce aux vives protestations du personnel technique et administratif de la classe d'entraînement naval, qui refusait de voir réduites à néant les chances de réinsertion qu'Hanai s'était ménagées jusque-là, le directeur de la prison remit à plus tard l'envoi d'un rapport sur l'incident, évitant ainsi au coupable une prolongation de peine.

Lorsque le gardien-chef et moi-même allâmes ouvrir la porte d'acier du cachot, notre regard resta longuement rivé sur Hanai, allongé par terre, pieds et poings liés, dans un état physique lamentable. À notre entrée, le relent âcre d'aliments en putréfaction dans un plat d'aluminium posé à même le sol, mêlé à la puanteur des latrines, nous prit violemment à la gorge.

« Imbécile, te laisser aller comme ça ! Tu n'es pas près de te réinsérer dans la société si tu continues à te conduire de la sorte », lança le gardien-chef d'un ton où perçait la commisération.

Nous ne fûmes pas trop de deux pour délivrer Hanai de ses liens. Il se leva avec notre aide, en geignant faiblement. Son visage était complètement émacié, ses joues creusées par la sous-nutrition ; les coups avaient laissé des marques bleuâtres sur ses joues, et ses yeux étaient tuméfiés comme ceux d'un boxeur au quinzième round.

« Tu peux marcher ? » demanda le gardien-chef.

Tout en remuant avec précaution ses doigts privés de mouvement depuis une semaine, Hanai répondit par l'affirmative, d'un ton plus assuré que nous ne l'aurions imaginé. Tout en marchant derrière lui jusqu'au baraquement numéro trois, je le regardai traîner les jambes, observai son dos affaibli. Étrangement, malgré son pantalon souillé d'excréments et sa veste tachée de boue, sa silhouette vue de dos évoquait celle d'un homme qui a atteint la sérénité à la suite d'une longue période de pratiques ascétiques.

Je crus voir rayonner autour de lui un paisible halo lumineux émanant de l'intérieur même de son corps.

14

En janvier suivant, l'empereur Shôwa quitta ce monde, et une nouvelle ère commença.

Début février, au plus froid de l'hiver, nous apprîmes que l'anniversaire du nouveau souverain allait donner lieu à une amnistie générale à grande échelle. Le Japon avait connu quatre grâces impériales depuis la fin de la guerre, à l'occasion de la signature du traité de paix, puis de la promulgation de la Constitution ; celle-ci était donc la cinquième. En 1926, le décès de l'empereur Taishô et l'avènement de l'ère Shôwa avaient également donné lieu à une amnistie générale mais celle-ci l'excédait largement en envergure, car son cadre ne s'arrêtait pas aux détenus politiques ou aux responsables d'accidents de la route, mais s'étendait à une grande partie des prisonniers de droit commun, ce qui représentait pour la seule maison d'arrêt d'Hakodate une trentaine de personnes, soit six ou sept fois plus que lors des amnisties précédentes.

Ainsi, un an après l'incident qui lui avait coûté

sa liberté conditionnelle, le nom d'Osamu Hanai figurait de nouveau sur la liste des prisonniers bénéficiant d'une remise de peine.

Le jour prévu pour la libération des détenus, Hakodate jouissait d'un temps splendide. Un magnifique ciel dégagé de fin d'hiver s'étendait au-dessus de la ville. Généralement, les remises de peine étaient délivrées solennellement dans la salle de conférences, mais le nombre important de personnes concernées avait obligé l'administration à changer en hâte ses dispositions et à transférer la cérémonie dans la salle de cours. La famille et les garants des graciés, prévenus à l'avance, s'étaient rassemblés comme pour une distribution de diplômes de fin d'études. Je fis le tour de la pièce du regard, mais ne vis nulle part la mère d'Hanai. On m'informa qu'elle n'avait pu se déplacer à cause de l'état de santé de son mari, qui avait empiré.

Juste avant la cérémonie, le gardien-chef et moi-même assistâmes à la restitution des effets personnels et documents divers. Tandis qu'on rendait à Hanai différents accessoires confisqués lors de son arrestation, tels que sa montre et son briquet, je me rendis compte qu'il ne possédait que des objets de marque. Le costume de fabrication italienne qu'il avait sur lui au moment de son interpellation portait le nom « Osamu Hanai » brodé au fil doré sur l'envers, en lettres occidentales. Il possédait également un pull que lui avait envoyé sa mère mais qu'il n'avait jamais demandé à mettre. Lorsqu'il ressortit, vêtu de son costume passé au nettoyage à sec par les soins de l'administration, de la petite cabine située à l'intérieur de la salle d'interrogatoire, surnommée « boîte à surprises » par les prisonniers, une exclamation étouffée courut parmi les surveillants. Cette tenue, pour le moins incongrue dans une prison, évoquait irrésistiblement le quotidien d'un cadre supérieur de Tokyo. Il était difficile de faire coïncider l'image de l'homme élégant qui se tenait devant nous avec celle du stagiaire qui courait pieds nus sur le pont du *Jeune homme des mers du Nord* pendant les classes d'entraînement. Je restai sans voix, me contentant d'observer furtivement Hanai de haut en bas et de bas en haut, pour finalement être contraint de reconnaître que la tenue que je portais dans le civil ne pouvait rivaliser avec la sienne.

Lorsque vint le moment de la remise des documents dans la salle de cours, Hanai reçut le sien en se redressant, le dos bien droit, sous les regards de toute l'assistance, élégant et fier comme un jeune étudiant sorti premier de sa promotion. À l'insu de tous, j'observais avec la même curiosité fascinée qu'autrefois, quand nous étions écoliers, les mouvements de ses mâchoires, dont les muscles se tendaient et se relâchaient tour à tour.

À l'issue de la cérémonie, les détenus, mis en joie par la libération imminente, furent autorisés à retrouver leurs familles : la salle s'emplit de sanglots étouffés, d'exclamations et de rires. Le gardien-chef, par sollicitude envers Hanai, que personne n'était venu chercher, me proposa de l'accompagner jusqu'à la porte de la prison.

« Félicitations », lui lança-t-il.

Comme il était interdit de serrer la main aux détenus, il se contenta de lui taper sur l'épaule pour manifester sa sympathie. Hanai inclina simplement la tête en réponse. Laissant les autres détenus à leurs joyeuses retrouvailles avec leurs proches, nous nous dirigeâmes avant eux vers la sortie. Cela faisait une impression étrange de voir Hanai déambuler en costume de businessman dans ce couloir qu'il avait arpenté chaque matin avec ses camarades au pas militaire : le spectacle attirait l'œil de tous les gardiens que nous croisions.

Lorsque nous fûmes parvenus à l'endroit de la galerie d'où l'on apercevait la cour, Hanai s'arrêta un instant. Le gardien-chef, devinant son émotion, resta discrètement à l'écart. La lumière du dehors se réfléchissait au bord des pupilles d'Hanai. Au fond de son regard se reflétaient les silhouettes des prisonniers occupés à faire des mouvements de gymnastique dans la cour recouverte d'une fine couche de neige argentée. Ils tendaient les bras, les jambes, au rythme des ordres hurlés par les gardiens. Je laissai échapper un soupir en songeant à la façon dont le temps efface les choses : qui aurait pu penser qu'un an plus tôt cette même cour avait été le théâtre d'une scène sanglante ?

Après sa crise de violence et son séjour en cellule d'isolement, Hanai avait retrouvé un comportement on ne peut plus normal et une docilité plus grande encore qu'auparavant. La métamorphose était si totale que les gardiens témoins des événements en venaient presque à douter de ce qu'ils avaient vu, et se demandaient de quelle part enfouie au fond d'Hanai avait bien pu surgir pareille sauvagerie. En réintégrant sa cellule individuelle, il avait lui-même expliqué aux membres du service de sécurité son état d'âme au moment de l'agression en ces termes : « Je ne sais pas ce qui m'a pris, j'ai perdu mon sang-froid, et quand je me suis rendu compte de ce que j'avais fait, il était trop tard. » Pour ma part, les raisons de son acte continuaient à m'échapper totalement.

À chaque rafale de vent, des paquets de neige s'engouffraient à travers le grillage tendu sur les ouvertures de la galerie. Dans l'air glacé du matin, nous nous dirigions une fois de plus vers la sortie.

Au bout de ce corridor humide, où le soleil ne pénétrait jamais, se trouvait le bâtiment de l'administration, derrière lequel attendait, entrouverte, la porte donnant sur la liberté. Cette séparation me laissait un arrière-goût d'insatisfaction. J'étais donc condamné à ignorer jusqu'au bout ce qu'Hanai était venu faire ici ? Tout allait se terminer ainsi, je ne saurais donc rien ? À chaque pas qui nous rapprochait de l'issue, un feu de plus en plus dévorant grondait dans ma poitrine, tant j'étais dépité à l'idée de rester seul en arrière, d'être laissé pour compte une fois de plus.

« Avant toute chose, tu devrais aller rendre visite à ton père pour le rassurer sur ton sort », déclara le gardien-chef lorsque nous fûmes parvenus dans le hall.

Hanai s'arrêta et ne répondit rien : il regardait fixement la porte principale. Derrière nous, les voix paisibles des détenus conversant avec leurs familles se rapprochaient. Je m'avançai, ouvris tout grand le vantail d'acier. La lumière radieuse du matin, d'autant plus éblouissante qu'elle se reflétait sur une neige argentée, se déversa à flots à l'intérieur, en même temps que l'air glacé du dehors, et emplit instantanément notre champ de vision d'une blancheur aveuglante. Hanai serra contre lui le sac contenant ses effets personnels, plissa un peu plus les paupières et fit un pas en direction de la sortie. À cet instant précis, un sentiment de solitude aiguë me traversa, comme s'il venait de se muer sous mes yeux en être de lumière.

Les battements de mon cœur s'accélérèrent. Le souvenir de ce jour d'autrefois où je m'étais rendu sur la jetée d'Hakodate pour lui faire mes adieux me revint à l'esprit. Rien n'avait changé depuis : il s'apprêtait à partir, vêtu d'un magnifique costume, et moi, je restais seul ici, réduit au rôle du comparse qui accompagne le voyageur au port. Je fouillai impatiemment mon esprit, à la recherche de la formule appropriée, du mot tranchant comme une lame capable de l'anéantir définitivement. Je posai une main sur son épaule, et lançai presque machinalement :

« À l'avenir, il faut que tu deviennes plus fort, et que tu développes une personnalité bien à toi. »

C'était mot pour mot la phrase qu'il m'avait lancée sur la jetée d'Hakodate dix-neuf années auparavant. La prononcer à mon tour allégea instantanément le trouble qui avait longtemps régné dans mon esprit. Mes lèvres se relâchèrent dans une moue triomphante, l'ironie de la situation me suffoqua. Toujours immobile dans la lumière, Hanai me regarda fixement deux ou trois secondes. Ses sourcils se froncèrent lentement, mais son visage resta inexpressif.

Puis, à l'instant même où une rafale de vent glacé s'engouffrait entre nous, il se mit à hurler :

« Ne prends pas tes grands airs avec moi, Saitô ! »

Il lâcha le sac de papier qu'il serrait dans ses bras et, presque simultanément, une vive douleur me parcourut du ventre au sommet du crâne. Hanai avait les épaules collées contre ma poitrine, le poing droit profondément enfoncé au creux de mon estomac : j'essayai désespérément de retenir cette image sur ma rétine mais mon regard se troubla, les contours de la silhouette en face de moi se firent de plus en plus flous. Tandis que mon champ de vision se rétrécissait rapidement de la périphérie vers le centre, et que ma conscience m'abandonnait, je crus entendre une voix me crier :

« Tu ne comprends donc pas ? Je ne veux pas sortir d'ici, jamais ! »

Le poing d'Hanai reprit son élan et vint s'écraser sur ma mâchoire, comme dans une tentative de balayer définitivement ma présence. Cette fois, je perdis tout sens de la réalité. Debout sur la jetée, je regardai mon propre corps sombrer dans les ténèbres. Les innombrables banderoles de papier coloré, dansant dans la noirceur qui précède l'aube, et les cris de la foule venue souhaiter bon voyage au navire s'élevèrent avec une vive netteté dans mon esprit, où ils restèrent longtemps imprimés.

L'été commençait tout juste à la maison d'arrêt d'Hakodate. Je traversais le couloir menant à la salle de cours en compagnie d'un groupe de détenus alignés sur trois rangs. « Un, deux, trois! Un, deux, trois! » scandaient ceux qui fermaient la marche, tandis que les stagiaires nouvellement incorporés à la classe d'entraînement naval balançaient bien haut bras et jambes, attentifs à suivre le rythme.

Mon regard s'arrêta sur la silhouette d'Osamu Hanai, accroupi sur un parterre de fleurs au pied de l'enceinte. L'agression dont il s'était rendu coupable sur ma personne lui avait valu l'annulation immédiate de sa grâce, assortie d'une substantielle prolongation de peine, et d'une interdiction formelle de participer à la classe d'entraînement.

Je me tournai vers la colonne de prisonniers qui me suivait, leur commandai de s'arrêter. Ils obéirent aussitôt avec un ensemble parfait. Je sentis la tension monter dans leurs rangs, tant ils craignaient un sévère rappel à l'ordre s'ils n'étaient pas parfaitement alignés. Les laissant plantés au garde-à-vous dans l'attente de la consigne suivante, je fis quelques pas en direction de la cour.

Hanai était maintenant si émacié, son corps si frêle, qu'à le voir ainsi de loin jardiner au pied de l'enceinte, on l'eût pris pour un vieillard. Seul son profil juvénile, empreint d'une douceur que je ne lui avais jamais connue auparavant, évoquait le tronc lisse d'un arbrisseau.

La brise douce venue de la mer rafraîchissait ma peau humide de sueur. Des particules de sable flottaient dans l'air. Sans lâcher sa pelle, Hanai se passa une main sur le front. Il s'épongea avec la manche de son vêtement de travail, puis plissa les paupières et jeta un coup d'œil vers le ciel. Le vent apportait jusqu'à nous les cris animés du vélodrome voisin. La course venait sans doute d'atteindre son moment le plus passionnant, car les spectateurs paraissaient au comble de l'excitation.

Contrairement aux autres prisonniers qui travaillaient dans la cour et avaient suspendu toute activité pour mieux se concentrer sur ce qui se passait de l'autre côté de l'enceinte, Hanai gardait les yeux au sol, et continuait à travailler en silence, avec une énergie intacte. Il creusait le sol de sa pelle et répartissait des graines dans les tranchées ainsi réalisées. Un calme olympien d'ermite détaché du monde émanait de sa silhouette solitaire.

Je me tournai vers la colonne de prisonniers, dont la tension commençait à se relâcher, et hurlai à nouveau un ordre :

« Gaaarde-à-vous ! »

Surpris, les détenus se redressèrent aussitôt, le doigt sur la couture du pantalon, menton tendu, regard fixé droit devant eux. Je débordais désormais de confiance en moi : je savais que je pouvais faire mienne à tout moment cette liberté intérieure que possédait Hanai.

« En avant, marche ! »

La colonne s'ébranla à nouveau. Les cris « Un, deux, trois ! Un, deux, trois ! » et le frottement du tissu qui accompagnait les mouvements des prisonniers étaient plus doux à mes oreilles qu'un gazouillis d'oiseau.

Juste avant de sortir de la galerie, je me retournai un instant pour regarder Hanai : à l'endroit où il se tenait, s'attardait une tache de soleil ternie, comme oubliée du temps.

DU MÊME AUTEUR

Au Mercure de France

LE BOUDDHA BLANC, prix Femina étranger 1999 (Folio n° 3479)

LA LUMIÈRE DU DÉTROIT, 2001 (Folio n° 3884)

L'ARBRE DU VOYAGEUR

Composition CMB Graphic.
Impression Société Nouvelle Firmin-Didot
à Mesnil-sur-l'Estrée le 13 mai 2003.
Dépôt légal : mai 2003.
Numéro d'imprimeur : 63999.

ISBN 2-07-042310-7/Imprimé en France.

10702